傳說

蒋勋 著

江苏凤凰文艺出版社
JIANGSU PHOENIX LITERATURE AND
ART PUBLISHING

目 录

传说

　　小时候，还没开始认字，就喜欢听母亲说故事。《白蛇传》《西游记》《封神榜》，都是听来的。母亲说故事的能力很好，这些故事大概也是她从小就听来的。家中长辈会有说不完的故事，街头巷尾，也有大家说不完的传说。庙口瞎子，拿一把三弦，叮叮咚咚，唱的、说的，也是"三国""水浒""封神"，戏台上反反复复演的，也还是民众早已耳熟能详的这些传说。

　　"传唱"如果也是"文学"，应该比文字"书写"早得多，"听"也比"阅读"早得多。

　　一直怀念听来的故事，片段片段的故事，常常不完整，有时岔出主题，又自成一章。语言的活泼自由，语言的多样表情、多样隐喻，常是文字所不及。文字一个萝卜一个坑，语言却天马行空，同一个传说，每次听，都不一样，不同的人说，也不一样。

这是"传说"的魅力。

一九八八年，我写下一些传说，大半是故事原型添油加醋，希望有口传的活泼。

一九八八年出版的《传说》后来增添几篇，出版了《新传说》，之后，又增添几篇，变成《新编传说》。"新""新编"大概都是觉得"传说"可以一直演绎下去。"三国"的故事，后来就发展出庞大的"演义"。

联合文学找出这三十年前的旧作，要重新出版。

我重读一次，觉得有趣，文字中的"民生报"早已停刊，"党禁开放"在高雄《人鱼记事》里也已是三十年前旧事。还有写高中生舞禁开放的那篇《Nike》，好像已经在预告城市的同志运动了。

"传说"总是要一说再说，白蛇传说了一千年，还觉得是身边街坊邻居的事，白蛇要继续对抗僵化道德的压迫，法海执政，总要把弱势者压到雷峰塔下。

可以"讲古"，也可以"论今"，这是我爱"传说"的原因吧！

重新整理了一次，把旧编辑整理的"导读"放在书末，作为后记，还是读故事原文比较有趣。

"新"和"新编"都拿掉，还原最初的书名，就是"传说"。

"传说"很古老，"传说"也可以很新，即使年轻读者也读得出现代的心事吧。

二〇一九年二月十三日

蒋勋于北美旅邸

伊西丝与盘古

除了病痛、灾难来临，一般来说，我们对死亡并没有深刻的感觉。

死亡似乎是一个离我们很遥远的东西。

或者说：我们不觉得死亡与我们有关。

法国的哲学家沙特（Jean-Paul Sartre）却说：

"从我们诞生的一刻开始，我们便一步一步在走向死亡。"

对于死亡的觉醒常常使生活发生极大的变化。

死亡是不是每一个活着的生命最重要的终极端景，不管你走到哪里，路的尽头都是死亡。

如同我们凝视一座坟，动物凝视同类的骨骸，坟和骨骸都没有言语，但是我们都懂了自己的未来。

古代的埃及人对死亡有固执而深沉的思考。

文明刚刚开始，利用尼罗河泛滥带来的肥沃发展了农业，建立起国家的规模，房舍、道路井井有条。

然而，这文明初始的繁荣，也正是对死亡感伤的开始，埃及人创造了这样一个神话：

大神奥西力斯与妹妹伊西丝结为夫妇，生了一子名伏尔斯；他们过着幸福美满的生活。

奥西力斯认真生活，他是正义、善良、勤恳的表征、正面的典范。奥西力斯，却引起了恶神塞托的嫉恨；塞托是破坏毁灭的力量，他杀死了奥西力斯，把尸体装在木箱中，丢在尼罗河里。

装在木箱里的尸体随波逐流。

伊西丝失去了丈夫，日夜哭泣。她把鹰头的儿子伏尔斯藏在草泽中，托给大海女神照看，自己则四处流浪，沿着河流，寻找丈夫的尸体。

伊西丝历经艰难，终于在遥远的地方找回奥西力斯的尸体。她打开木箱，跪在尸体旁边，一声一声，哀痛呼叫，但愿死者复活。

伊西丝挂念儿子，又将尸体藏好，回头去领回儿子伏尔斯。

不料，充满嫉恨的塞托，又趁伊西丝不在，千方百计找到奥西力斯的尸体，为了彻底毁灭奥西力斯，破坏伊西丝的想念，他把奥西力斯的尸体撕成一块一块的碎片，千片万片，撒在尼罗河中。

伊西丝接了儿子回来，发现丈夫已被撕成碎块，没有了形体，爱和想念都失了对象，面对虚空哭嚎，伊西丝悲痛至极，据说，她日日夜夜哭泣的泪水便流成了尼罗河每年初夏的泛滥。

然而，伊西丝并没有放弃，她四处寻找，把漂流在河水中的每一块尸体的片段找回，用针线一点一点缝缀连补尸体碎块，她发愿要重新一针一线缝补拼合完成丈夫奥西力斯的身体。

因为伊西丝的眼泪，尼罗河一年一年的泛滥，带来肥沃的积土，丰饶了农业；因为伊西丝的爱，奥西力斯的身体，将碎片重新整合，复活了生命。

伊西丝对身体形状的固执，使她成为复活之神。古老埃及传说着肉体死亡是可以重新复活的。

众神都被感动了，许多女神扇起翅膀，吹动生命之风，山犬之神阿奴比斯找来了亚麻布，收拢每一段尸块，一层一层包裹，帮助伊西丝复活了她的丈夫奥西力斯。

据说，那是埃及第一尊木乃伊。

木乃伊里深藏着古代埃及人对死亡的悲痛，对死者的爱，对复活固执而热烈的愿望。

埃及人太执着了，他们相信，只要身体还在，即使被撕成碎片，还可以重新补缀复原；他们相信，只要这身体存在，便有生命延续的可能。

奥西力斯以后被委任为死亡之神，在死亡的门口迎接人们到另一个世界。许多埃及古代的墓葬中留有这样的雕刻与壁画：奥西力斯张开迎接的双臂，山犬之神阿奴比斯与伊西丝随侍在侧，也有许多张着翅膀的女神，扇起生命复活的风。

在大英博物馆看到那些干缩的木乃伊，给我很大的感动，是用那样深沉悲痛的方式使生者惊恐，看到生命最后等待复活的姿势吧！

埃及人太理性了，他们不逃避死亡的事实，他们把死者制成木乃伊，他们用坚硬的花岗岩雕成巨大的人像，他们期待渴求着这身体的不朽。

不朽，就是让肉身不腐坏消逝。

埃及人面对死亡的方式严肃而悲痛。

在另外一个文化里，死亡却有不同的传说。

关于中国，古代对于死亡的觉醒却是这样的：

那创造了天地万物的始祖盘古，开天辟地，耗尽精力，一日死去了，他倒在大地上，他的肌肉化为田土，他的骨骼起伏成山脉，他的汗水血液流为长河，他的发髭成为丛林草木，他的左眼成日，右眼成月，他的呼吸成了天上的风云……

我喜欢这个故事，死亡的哀痛转化成了新生的喜悦。个人的生命联结着宇宙间的万事万物，死亡成为奉献，死亡是另一种爱的方式……

"落红不是无情物，化作春泥更护花。"

在这个传说里，死亡是再一次复活的开始，肉体化解消逝，在山川大地中化成新的存在形式，那才是真正的复活。

这种对死亡的诠释，或许提供了另一种看待死亡的方式，仿佛更成熟，也更周全，从自然循环的观察得来天地四时的智慧吧。这也很像古老西亚希伯来人在《圣经》中说的："一粒麦子掉在地里死了，将生出许多麦子来。"

不知道是不是盘古的原因，中国五代以后都不太画人像，却爱画山水。

中国人的爱画山水真是出了名的。

那山水似乎是另一个形式的人。

那山脉是人的骨骼，那田土是人的肌肉，那丛林是毛发，而那脉脉无尽的大江长河，正是世代流不尽的生命的泪与血汗吧。

伊西丝与盘古的故事，我一直重复说给朋友听，试图去解释其中的道理。可是，说了好几次以后，我终于发现，这些古老的传说寓言，最好的部分，并不在它们的道理，而在它们原原本本的故事。

自从有了"文学"这麻烦的名称之后，自从不幸"文学"又在大学里被学究们研究之后，故事就沦落了。

"故事？故事怎么是文学呢？"学究们于是开始谈论有关"后现代主义"的种种。

我有点羞愧。在这样的年纪，又热爱起"传说"和"故事"来了。

在写完《伊西丝与盘古》之后，觉得自己在古老传说中解说道理的动机十分可厌。躺在床上，无事可干，便一一想起从母亲口中听来的"大劈棺"，从漫画书上读到的"吹笛者汉斯"，从希腊神话中读到的"Echo和纳西斯"，以及佛经上的"割肉喂鹰""舍身饲虎"。这些故事这么简单，却远不是道理可以替代的。

在故事里，我忽然觉得获得了一种极大的自由。仿佛原来被"文学"窒息闷死的框框忽然挣脱了，又有了极大的空间。故事和故事之间，现实和幻想之间，古代和现代之间，勘破了，原来了无隔阂，可以来去自如，无一点挂碍。

写着写着，连原来传说的框架也可以不管了，收在这本集子中，至少像《大劈棺》《Nike》《吹笛者汉斯》《三个愿望》《关于屈原的最后一天》《褒姒病了》都与原有传说的内容大不相干。到了《人鱼记事》《枪手与少年的对话》则连传说也没有了，不过是拿新闻事件当传说看待罢了。

我居住的岛屿，每天看媒体乱七八糟的新闻，是可以当成传说来读的。一样荒诞不经，有时让人笑，有时让人哭，有时哭笑不得。

司马迁写《史记》，写得很像传说。他对传说也极喜爱，写着写着，田父野老的话都进了《史记》。马尔克斯写《百年孤独》，明明是现实政治，却一一拿来当传说神话。

这一集传说写完，觉得历史成为故事的苍凉，也觉得现实隐讳成传说的悲哀；但是，人当然是要活下去的，活下去，而且要听好故事，美丽的故事，悲哀的故事，可解与不可解的故事，因为生命未完，诗句未完，我总觉得屈原、褒姒、萨埵那太子、汉斯、Echo都近在身边，与我有相同的歌哭笑泪。

　　　　　　　　　　　　　　　　　　　　　一九八八年二月

CHIANG HSUN

LEGEND

傳
說

他就像是一尊洁白的象牙雕像，他身上映着银色的光辉。我确信他与月光一般贞洁，如同银色之箭。他的肉体必定如象牙一般冰冷。

——《莎乐美》王尔德

莎乐美、约翰与耶稣

也许，只是一次落日，历史中巨大的事件就已经决定了。相信宿命的人便因此归咎于命运。

莎乐美最初看到施洗约翰的头是在约旦河边，一个瘦削但是眼睛炯炯有神的青年男子的头，长在有力的颈项上。

"好美的头啊——"莎乐美看着青年男子头上金色的头发，头发被夕阳的光染成金黄，在风里飞扬，像河水反光，闪亮得使人张不开眼睛，不能逼视。

施洗约翰被前来受洗的人群包围。年少的莎乐美踮起脚尖也只能看到在许多攒动的头上那个子特别瘦高的施洗约翰的头。二十多岁的约翰在约旦河边以河水为人施洗，赢得了"施洗"约翰的名。他因为只吃野地里的蜂蜜为生，脸颊瘦削凹陷。但是他先天有一副坚硬而且形状如雕刻的骨骼，使他虽然瘦却不显萎弱。相反地，在他金黄色的头发下，他有常年生活于野地中的人那种健康如日光般的面色。

"来吧，修直去天园的路！"

"前来洁净你们的灵魂！"

初初发育的莎乐美感觉到乳房逐渐膨胀的微微的痛和烫热。她也在月圆的夜晚偷偷窥伺洇染在洁白的棉纱上那初次月事的血的殷红。

她其实是讨厌传道者的。讨厌那些重复用八股无趣的言语振振有词的伪善者，莎乐美很小就看穿这些伪善的卫道者，一面说着神的话语，一面却用眼角偷窥女子。莎乐美，从非常幼小的年纪，她就有一种如邪魔附身般的狡狯，美丽的狡狯聪慧，使她能够一眼看穿伪善的传道者一切假道德掩盖下的无知、愚蠢与不可思议的自大。她每次故意撩拨，用妩媚眼神看着伪善者，就知道那些身上有鱼腥臭味的男人多么不克自制，在袍子下立刻颤巍巍举起了阳具。

她曾经走进庄严的圣殿，在痴愚的信徒中故意穿着暴露身体的不体面的服装。她才十四岁，但是那肉体如花的初蕾一般的美丽，连亲近她脚踝的圣殿大理石的地面，也仿佛一刹那放射出镜子的明亮。

痴愚的信徒都从神职的祭司的专注中分心了。

腐烂的鱼腥臭味弥漫在封闭的圣殿中，令人作呕。然而莎乐美的处女之身是带着初绽的玫瑰香气的，那股芬芳使信徒祭司惶惶不安，偷偷四处窥探。

"你们从不曾知道神的伟大——"莎乐美骄傲地看着那些从呆钝转变为有一点点活力的一对对看着她的眼睛。她心里的骄傲又很快变得有一点忧伤了："信徒们啊，你们不信仰一对乳房的美丽，却轻贱地崇奉一条条腐烂发臭的鱼。多么无知、愚蠢与自大的伪善道德。"

祭坛上的祭司也从信徒们的眼神中发现了一种异样的活力，当他把目光移到莎乐美丰腴肉体身上时，也感觉着一种不可抗拒的逼人的力量，死鱼也刹那间有了一点渴望活过来的灵光。那是很接近经典上说的"奇迹"的，但是，通常祭司已经长期习惯于看待使自己不安的力量为"邪恶"——花的开放，女子嬉笑，男女悦爱，甚至鸟鸣啁啾，都使人不安，也都是"邪恶"之源，"邪恶，道德的坚毅就在于它能抗拒邪恶。"

为了对抗，祭司以比平常更尖锐严厉的声音布道，试图压倒莎乐美带来的骚动。

莎乐美微笑着。她一直微笑着。她几乎不费太多的力气，就使连同祭司与信徒们在内的所有"信仰者"的坚毅都瓦解了。他们声音萎弱，眼光呆钝，膝盖发抖；他们终于领教了"邪恶"的巨大力量。花香缭绕不去，祭司声音愈来愈大，他们心中恐惧，担心一松懈，就要瘫痪，会跪下来，双膝几乎瘫痪，要拜伏在"邪恶"的脚下……

但是，莎乐美忽然感觉到从所未有的幻灭的空虚。"征服他们做什么？"莎乐美低头俯看自己细白如牛乳一般的胸脯与手臂。"如果美丽是神昂贵的恩宠，它岂能被如此小信小德的人轻易得去。"

　　莎乐美一霎时的忧伤使整个圣殿黯然了。"愚蠢如此，他们也知道美丽的忧伤即是神的忧伤。"

　　莎乐美在黯然的眼神中离去了，她走到圣殿门口时听到祭司怒斥信徒的声音："道德，道德的坚毅如此不堪一击吗？"

　　莎乐美当然知道祭司的愤怒来自他对自己肉体脆弱的认识。

　　肉身没有渴望，身体便如同死鱼，日日夜夜发着恶臭。

　　"那其实便是道德与真正信仰的开端吧。"莎乐美这样想，"但是，可惜的是祭司把肉体脆弱当成他人的罪名来指责信徒，他便永远无法从无知、愚蠢与自大中解脱了。"

　　真正脆弱的其实是祭司自己的身体。

　　约旦河附近的人开始传说莎乐美的美丽，以及施洗约翰的智慧，但是，没有人发现莎乐美其实极其聪慧，而施洗约翰——在莎乐美的眼中已是任何男子都不能比拟的美丽了。

　　智慧与美丽注定是一对孪生的手足。

　　莎乐美愈来愈喜欢走近约旦河了。这条为信仰者施洗的河流，原来已聚集了不少被施洗约翰的布道所感动的人群，由于莎乐美的经常来临，更使得群众嚣集在这里，使得罗马主管治安的军警也不安了起来。

没有信心的权力者，既无智慧，也不美丽，因此总是想尽方法防范智慧，又绞尽脑汁，防范美丽。

其实施洗约翰只是一个单纯正直的青年。有人相信传说中的神迹，关于他在耶稣诞生之前受胎的故事；也有人觉得他不过是一个在野地中吃蜂蜜，披着骆驼皮毛遮蔽身体的善良青年，以日夜不断流去的河水为人施洗，宣讲一些正直的道理，不致有任何危险性。

因此，虽然来自官方祭司的嫉妒，为了阻止信徒们大量从圣殿流失，涌进约旦河边，曾经有不少不利于施洗约翰的流言陆续传到主管治安的总督耳中。但是，大部分亲身聆听过约翰温柔的话语的人，都不易轻信关于他是一个"煽动者""野心分子"或"潜伏的革命暴徒"这样的流言。

约旦河不断逝去的流水，使神的洗礼这样接近大众。

真正的神的恩宠如此朴素简单，一点也不难了解。

在日落于地平线的时分，暮霭使坐在河边坡地上的人都染上了沉静安宁的气氛。

"时日将尽，我的生命和你们的生命都如流水。如流水上闪动即逝的光亮；它们美丽到我们误以为那是真实。美丽底下是不断被摧毁与瓦解的真实——"

施洗约翰立在水中，他的膝盖以下浸在染成了金色的河水中。波浪荡漾，使他仿佛不断漂远。他从水波中看到人影，年轻而且瘦削，他有点恍惚，起初以为是自己的倒影，同样年轻瘦削，同样金色的头发，同样有柔和忧伤的眼神，以及初初长出的柔软轻细的金色的髭须——但是，那不是自己，约翰从水中倒影抬起头来，看到那个名叫"耶稣"的男子全身白袍，静谧而且似乎有些害羞地立在约翰面前，微笑着。

"啊，你来了——"

他们其实彼此并不相识。神迹中关于耶稣的母亲受天使告知受孕，并且前去与堂姐相见，堂姐便已先怀了胎，产后便取名约翰。似乎后来的传说也曾经显示他们婴儿时代的相处（参见达·芬奇的《岩窟圣母图》），但是，确定的是在他们成长过程中彼此并不再相识了。

胎儿时期的相识是神迹，婴儿时的相处似乎也只是画家猜测，因此两个陌生男子初见时从宿世以来便知道的"约定"究竟是什么？也许是有关耶稣与约翰故事的一个谜吧。

耶稣说："为我施洗吧。"

约翰犹豫着，他说："可以吗？在另一个国，你是比我大的。"

"但是，此刻，我需要你的施洗。"耶稣坚定地回答。

周围的人没有一个听懂他们的话，那是天国的语言，是两个男子宿世约定的密码。

于是约翰从命，他上前拥抱了耶稣，亲吻他的额头。他们彼此感觉着瘦削身体的依靠；是非常确定的在人间尘世此时此刻肌肉、皮肤和骨骼的紧紧的依靠。

莎乐美在远远的山坡上站着。风微微吹动她的裙裾。

"人是可以这样相爱的。"她心里想。她有些讶异自己似乎从来没有这样爱的渴望。她听说过一些关于耶稣的故事，关于马厩的诞生，关于东方贤者发现的星辰的降临，关于他在旷野中孤独的行走，关于他初进圣城的愤怒——"一个愤怒的青年，"莎乐美这样想，"他如此温和瘦弱，不能想象，他如何推倒商贩和赌客的桌子，他用鞭子赶走伪善的信徒，他狂怒斥骂祭司说：你们污辱弄脏了我父的圣殿——"

　　耶稣和约翰在长久的拥抱中。

　　莎乐美眼眶湿润了。她在有些不克自制的震动中。她看到一种自己从未经历过的爱，像热烫的雷火，劈开胸膛，劈开肚腹，向全身蔓延，这样巨大，比她一向相信的美丽还要巨大。

　　约翰牵引着耶稣的手走向河心。约翰的骆驼毛的披衣和耶稣白麻布的长袍都浸湿了。他们完全像少年时的嬉戏，彼此微笑着。约翰掬起一捧河水，高举到耶稣头顶。耶稣柔顺地俯下头。河水从约翰指缝中流下。仿佛落日最后的光，一起为青年洁净的头额破碎成珠玉了，一片破碎的光——在那一刹那，有神迹说，天都打开了，有圣灵如鸽子飞来，都在神的荣光中——

　　也许没有人注意到莎乐美孤独的离去吧。关于福音书中约翰为耶稣施洗的片段，莎乐美是不曾被记录的。

　　此后三个青年各自走上了不同的命运。耶稣在四处布道，拥有愈来愈多的群众，他变得更悲悯温和，怜悯苦难中的一切生命；

他可以在路边凝视着一个看不见的盲人，然后对盲人说："你看见了——"盲人就张开了眼睛。他走向劳苦者，使疲累的人放下了工作，愿意成为追随他寻找真理的信徒。

然而，旷野中的约翰似乎愈来愈孤独了，他变得有些激愤，他直斥那些庸俗者的贪婪、淫欲、奢侈与败德，他在群众逐渐散去的河边，像一头受伤的兽，而他瘦削的面容也更见锐利露骨了。

至于莎乐美，十六岁时的美丽使希罗王震惊了。她的母亲原来是希罗王的宠妾，莎乐美也跟随入宫，在锦衣玉食的宫殿中却始终更见孤傲自闭，大部分时间只把自己深锁在房中，不与一人交谈。

希罗王的意图染指莎乐美为时已久，可是始终没有得到莎乐美任何的青睐。

罗马帝国王族继续穷奢极侈地生活着。他们不相信拯救，他们讥笑来世，他们拒绝神的恩宠。他们更相信口腔的味觉刺激，他们陶醉在性器摩擦的亢奋中，他们把基督徒放在饿疯的野兽前，他们要血淋淋认识生命的恐惧、绝望，认识生命的互相挤压撕咬，看生命变成血肉模糊的碎片——"神，上帝，他们在哪里？"一个肥胖的总督把阳具插在母牛的牝户中，命令奴隶们喂食乳猪的肚腩到他口中，他一口一口吃着，嗅闻着母牛体热的腥臊，使他又亢奋了，他呕吐了，吐出许多腐败的食物，他狂笑着："这是我胃蠕动的杰作，神！上帝！他们在哪里？"

莎乐美的母亲依靠在希罗王身边，她因逐年纵欲而松垂下来的乳房，即使用很精致的黄金细网兜着，还是看得出难堪的、无力的样子："这垂头丧气的家伙。" 莎乐美的母亲这样悻悻地拍打自己的乳房。

希罗王则目不转睛地看着莎乐美。"多么神奇的美丽啊！你几乎要使我相信神的存在了。"希罗王衰老的眼睛，曾经看过无数美女，但是，从来没有一个女子的美丽如此使他震惊。他觉得在莎乐美身上看到一种毁灭，很近于死亡——"人们都惧怕死亡，但是，死亡才是最美丽的。死亡也最巨大，它使一切属于生命的部分在它的面前臣服。从来没有一个生命超越过死亡，亚历山大大帝没有，凯撒也没有，莎乐美，你的美丽竟是另一种死亡吗？"

莎乐美却从没有认真回应过希罗王。

青春华美，如此不屑帝国的繁华，或帝国的毁灭。

希罗王跪伏在莎乐美面前，谄媚地说："我是王，可是我跪伏在美丽的面前。嘲笑我的人一定不知道：整个帝国的财富也换不回一丁点的青春，批评我的人也全然不懂：帝王的权力也命令不了丝毫的美丽出现。啊——我多么无力，我做了一世的君王，莎乐美，我要舐舐你的足趾也不配吗？"

莎乐美一无表情地走开了。

"为我跳一支舞吧！我愿意用帝国一半的土地换一回你跳的舞蹈。"希罗王像一条老狗，匍匐在莎乐美脚边，化妆后的脸上掩盖不住的苍老与浮肿使莎乐美更迅速不屑地走出宫去。

莎乐美的美丽，以及名分上希罗王女儿的"公主"的地位，都使她愈来愈不能随意走去约旦河边。但是她对约翰的爱——世俗的？肉体的？精神的？占有的？或幻想的？——却丝毫没有减损。在众人的奉承阿谀中，莎乐美一心只想望着约翰。那瘦削到如岩石一般的身体，那洁净深邃的眼睛，那么温柔悲悯的神情，又混合着严厉权威的愤怒——

"修直你们到天园的路——"

"洁净你们的灵魂——"

约翰的话语愈来愈简单。他身边的徒众也愈来愈多。他有些使城中的祭司们害怕了。贪恋祭司职位的庸懦的长老们开始发动恶毒的流言，他们害怕圣殿中的信徒会全部被约翰吸引去，他们也始终想不透：约翰是有什么样的魔力可以蛊惑群众。

"一定是邪魔的附身吧——"

祭司们在权位受到威胁时都会这样解释，也找到了最好的攻击对手的理由。

约翰并没有稍减他布道的热情。他在群众的拥护下走近大城。他立在城脚下仰视城的庄严繁华，看到穿戴华丽涂抹着各色颜彩的女人。他奇怪这里的人与约旦河边旷野中的人那么不同。在约旦河边他曾经亲近上千上万的男女老幼，当他们前来受洗时，褪去了外袍，甚至是完全赤裸的，约翰从未感觉那是一种个别肉体的存在，相反地，他觉得所有的身体对他而言似乎都是婴孩，是刚刚从母体诞生的婴孩——干净，纯洁，如同新月一般的身体。

"可是，这里的人体为何如此使我悚惧。他们或她们，如此夸张着性别的差异，如此炫耀着性别的特征，男子的性器和女子的乳房都以鲜艳的花朵和耀目的珠宝来装饰。他们，摇摆着臀部——"

"啊，修直你们去天园的道路——"

约翰似乎为了要抵抗自己内在濒临瓦解的单纯，他忽然习惯性地布道起来；可是信徒们都有一点惊讶，约翰的声音中有一种恐惧，似乎又为了掩盖恐惧，他就更大声地叫喊起来。

"上帝将毁灭你们内在的邪恶——"

他的布道中竟然愤怒到痛苦的地步。连站在城墙上的莎乐美也吃了一惊。

莎乐美从城墙上探出头来。两旁的卫士担心群众太多，阻止她走下城去。但是，约翰已经看到莎乐美了。他在强烈的阳光中看到被珠宝的光闪烁着的身体，他全身震动了一下。他霎时分不清美丽与邪恶的界线，他只是有一点恼怒自己长年来在约旦河边宁静的心完全崩溃了。

"邪恶，邪恶，你，这不知可耻的女子——"

约翰连自己都有一点讶异，当他在太过强烈的阳光中几乎已经看不清莎乐美的细节时，他看到的其实是一片自己对女性肉体的幻想，如此温暖、柔软，有着香花也比不上的馥郁——

约翰的声音又从肺腑中尖锐地响起，那声音似乎也在对抗身体的其他部位剧烈亢奋的震动，他像被欲望煎熬的野兽，大叫道："邪恶！邪恶！远离开我吧——"他向莎乐美挥手。他想即刻逃回约旦河去。

但是，祭司们的阴谋已经成功了。当约翰和大批的信众要退离城门时，城市负责治安的守卫已经以"聚众滋事"为由逮捕约翰和他的信徒们了。

马匹践踏着人，一个女子的眼珠被马蹄踩践，从眼眶中迸裂了出来。孩子们哭叫着。兵士们看到长矛从人的肚腹拔出时鲜血的喷射，忽然狂笑了起来。

莎乐美静静地站在城头上，看到滚在地平线上血红的一颗大大的落日，像一颗染血的头颅。

她似乎并不在意长久眷爱的男子视她为邪恶的敌人。她似乎也并不在意自己长久爱恋的男子如此在众人面前侮辱她的言语。

"他是为死亡而来的，历史需要圣徒的殉难。"莎乐美微笑着喃喃自语，两旁的卫士完全不懂她在说些什么。

"而我呢？"莎乐美在落日的灿烂中俯看自己的身体，她仍然自语着，"我是为美而来的，历史需要美丽来毁灭圣徒。"

"让我们在死亡中相爱吧——"她这样想。

也许，只是一次落日，历史中巨大的事件就已经决定了。相信宿命的人便因此归咎于命运。然而，莎乐美在走下城楼时并没有想到宿命，她只是知道她的爱情是一种毁灭的爱，将是人类历史上最伟大的一次爱——关于美丽的莎乐美与圣徒约翰的爱，他们将在死亡的毁灭中紧紧拥抱，彼此亲吻。

结局在传说中是大略一致的。莎乐美答应了希罗王的要求。她以黄金鲜花盛装起来，跳了她一生最动人的舞蹈。传说中竟没有了可以形容那舞蹈的细节。但是一个自小瞎眼的老人却坚持说："莎乐美一动也没有动——"

"天啊！竟有这样如死亡一般的舞蹈，她一动也没有动，她使一切的舞者都觉得可耻，因为，她一动都没有动——"

盲人张大眼睛，专注聆听莎乐美舞蹈时的呼吸，那气味如同夏夜茉莉。

希罗王在哭泣中低声恳求："莎乐美，说出你的要求，我答应你一切的要求，帝国一半的土地，鹅蛋大的翡翠石项链，说吧，莎乐美，或者，我的死亡——呸，我的死亡也值得你要求吗？啊，我是王啊，我如何贫穷到不能拥有一点点美丽。说吧，莎乐美，说出我允诺你的任何要求，说吧——"

莎乐美远远听到牢房中传来的圣徒约翰的叫声，宏远如大河的声音："修直你们到天国的道路——"

"我要历史——"莎乐美心里这样想，"我要人们永远传颂一则故事。我要一则有关美丽女子与圣徒之爱的谜语，没有人可以解开这个谜，但是，他们会世世代代猜测下去，仿佛在解弄着自己内在的神奇，解弄着你们永远弄不清楚的欲望，美，邪恶，爱，毁灭与永恒——"

"我要施洗约翰的头。"

莎乐美静静地说出这句话。

连最耽溺于现世威权财富的希罗王也似乎懂了莎乐美是在要一件历史上流传久远的东西。而那东西并不属于现世的帝国，只是要假借希罗王的命令去执行而已。

希罗王传下死刑斩首的指令。那是一只戴在他右手食指上以黄金和黑玉镶嵌染了毒蛇汁液的戒指。戒指被司监的大臣传到牢房。刽子手准备好锋利的大刃。约翰走出牢房，立在牢房外一片被高墙围绕的空场。大刀飞起，约翰的头便像一朵飞向天空的花，在空中旋转了一下，仿佛还带着终于领悟了自身秘密的微笑。

据说，在金色的夕阳下，那笑容一直没有消失。

那笑容，久久不去，仿佛记起了约旦河的河水，记起了前来受洗礼的白袍少年，记起了一次拥抱，记起了白如牛乳的鸽子的飞起。

奉莎乐美之命，约翰的头被放置在一尊银盘中。当银盘捧至宫中时，莎乐美端详了很久，她认识那微笑，她也知道他们的爱是在死亡中开始的。她捧起那沉重的滴血的头颅，她趋前亲吻那微笑的嘴唇，紧紧地把那头拥在胸前。

十九世纪末颓废派的世纪末文人如王尔德（Oscar Wilde）曾经试图诠释莎乐美与约翰之谜，但是，他们也只能解开莎乐美的邪恶与美丽的部分，至于圣徒约翰，早在他与耶稣拥抱的时刻，他已经种下的爱与毁灭的形式，则始终是这一则谜语最难解的部分。

至于孤独离去的耶稣，在多年后被钉在十字架上，当他悬挂在木架上三日夜中，他看到被钉子穿透的左右手掌，痛彻心扉时，或许也一样想起了施洗者约翰，想起了那一次拥抱，想起那瘦削的肩膊，想起白鸽飞起的片刻吧。

CHIANG HSUN

LEGEND

傳説

康将刑东市，太学生三千人请以为师，弗许。康顾视日影，索琴弹之，曰：「昔袁孝尼尝从吾学《广陵散》，吾每靳固之，《广陵散》于今绝矣！」时年四十。

——《晋书·列传第十九·嵇康》

嵇康与广陵散

嵇康盘膝静坐，仿佛要参悟一朵花绽放的意义。

桃花在陆续绽放了。

含苞的部分颜色比较艳红，被一点青翠的蒂托着。"好像一个肥胖的愿望。"嵇康这样想。

"一个肥胖的愿望中躲藏着什么内容呢？"

从牢狱的铁窗向外看，那完全意外的三月的桃花恣肆狂野地伸向天空。

"狱律里不知道有没有不准看花的规定。"嵇康有点庆幸地担忧着。

"也从来没有想到，花原来可以这么叛逆。"

在牢狱外的那一片空地，原来是就地处决犯人的。因此，除了重大的刑案，必须有公开昭示大众的处决。一般说来，刑案一旦判定，总是在选定的某一个早晨，天蒙蒙亮，远村的鸡的初啼刚刚开始，犯人就被拖出牢房。在少数几名押解的兵丁簇拥下，推倒在桃树环绕的广场上。监斩官匆促而形式化地读完判令，一声令下，刽子手便挥动锋利的大刃，利落地一划，犯人应声倒地，只见殷红的鲜血四处飞溅，坠落地上，迅速渗入松软的泥土中。

所以，这个桃树环绕的广场，经常是被众人遗忘的。偶然飞来三两只斑鸠，咕咕地觅食，或有打架的野猫，突发起争执愤怒的叫声，大部分时间，广场真是寂静如死。

"可是，花的绽放多么叛逆。"嵇康得意地望着窗外那放肆横伸的树枝。

一般人家的花树，总因为怕干扰了院落中人的行动，多半被削去了横伸的枝干；或为爱慕者不断攀折，使横伸随兴的部分总是无法自由生长。

"因此，所谓树的形状，也只是人类自己企图或意外完成的形状吧。"嵇康这样想。

只有这几株刑场上的桃树，因为从没有人接近，可以这样自由地生长。

冬天过了之后，看起来干枯的树枝，就忽然在雪覆盖过的部分透露出一点点青苍，但是不易用肉眼察觉。那青苍的一点痕迹逐渐就结成米粒大的一点苞。生命的讯息真是非常缓慢，因此，当嵇康在大约两个月的专注中发现到一点点鲜艳的红色从包裹紧密的花蒂中吐露出来，他真是兴奋快乐极了。他觉得每一个花苞都是一个"肥胖"的愿望。

"一定有人觉得'丰腴'比'肥胖'要更适合形容一朵花吧。"嵇康不禁笑了起来。

"也许，'肥胖'只是更直接的肉体上的感觉吧。"嵇康这样斟酌着。

"你完全不像一个犯人。"来送饭食的狱卒老丁无奈地摇摇头。他把房门打开，把饭碗摆在桌上，自己也像一个犯人，盘坐在嵇康的对面。

"应该说：我很想做一个犯人。"嵇康笑着说。

"不——"老丁不可思议地否认着，"老嵇，你比天下所有我见过的人更不像犯人。"

老丁是一个年老的狱卒，花白胡子，爱喝酒，有一个红红的酒糟鼻子。眼睛眨巴眨巴流着眼泪，像是在哭，可是又一脸顽皮戏谑的样子。他原来叫嵇康"嵇老爷"，后来熟了，也就"老嵇""老嵇"地乱叫。

"犯人是不是更自由的人？"有一次老丁忽然这样没头没脑地问起来。

嵇康吃了一惊，接着大笑，他回答老丁说："这太不像你问的问题了。"

"有什么不可以呢！"老丁抗议着说，"也让我们这些粗人学学你们读书人的什么'清谈'吧。"

嵇康听了不禁正襟危坐起来，他一本正经地问："老丁，你看我像个犯人吗？"

老丁也认真地端详了一会儿，然后决定性地说："不，你一点也不像一个犯人。"

"犯人都是什么样子呢？"嵇康问。

"他们害怕——"老丁想了想，这样不确定地回答。

"你怎么知道他们害怕？"嵇康问。

"他们发抖，有时候我来送饭，一打开牢房的门，他们就控制不住地发抖。我把饭碗递上去，他们接不住，抖呀抖呀，饭都抖在地上……"老丁模仿着抖的动作，眼角眨巴眨巴流着眼泪，口角也垂着一条口水。

"他们有些是杀人不眨眼的土匪强盗啊。可是，他们大都害怕，他们会从睡梦中惊叫起来，叫着叫着，好像给恶鬼压着，嘶嚎地叫着，晚上听起来真可怕。"老丁捂着耳朵，仿佛心有余悸。

"你不害怕吗？嵇老爷。"老丁偶然仿佛又想起了对嵇康的尊重，便改口叫"嵇老爷"。

嵇康头上扎了几条细小的辫子，用青色的丝条系着。他的容貌是那一时代出了名的俊美的，虽然到了四十岁，仍然有一种傲岸洁净如白玉的神气。他端坐在牢房中。如一尊新从天竺国送来的鎏金的佛像，气息均匀。而他那修长安静的有名的弹琴者的手指，轻轻地按在膝上。好像抚琴一般，他右手，从膝头移动到腿上。

"身体好像一张琴。"老丁若有所思地说，"有的琴总是吱吱哑哑，不好听。有些，叮叮咚咚，真是好听。也有些人抓进来了，丢在牢房里，还是挺装腔作势，明明是吱吱哑哑的声音，却装作叮叮咚咚，也是奇怪得不舒服。"

嵇康被老丁乱七八糟的描述逗笑了，他说："老丁，你也懂琴？"

"什么懂琴！"老丁歪扭着嘴巴嘲笑着说，"瞎扯淡！我听唢呐——呜里哇啦，您听过吗？嵇老爷。人家死了人，便请一班子唢呐来哭丧。也真怪，一段小竹管，加一个铜口，那玩意儿吹起来真像小儿的哭声，呜里哇啦，在荒山野地，能把饿狼都吓走了。"

嵇康看到窗外，桃树枝上飞来一只麻雀，树干下蹲着一只野猫。野猫睁着圆溜溜的眼睛，一动也不动，望着可以猎杀的麻雀，背脊如弓，仿佛一动机括，立即可以弹跳起来。麻雀在枝上跳转了几下，正在悠闲地左顾右盼，一下子瞧见猫，惊慌地一张翅"咻"一声飞走了。猫仍盯着麻雀已经飞去了的虚空，看了很久，仿佛可以目不转睛，用专注的凝视摄回自己猎物的魂魄。

"我害怕啊——"嵇康长叹一声，使老丁也吓了一跳。

"嵇老爷——您害怕什么？您要申冤哪。"老丁热切地敦促着。

嵇康摇摇头，颓然地低垂在胸前。

"嵇老爷，外面沸沸腾腾，都为您不平，百姓们都说：嵇老爷犯了什么罪——"老丁忧戚了起来。

"老丁，"嵇康安静地说，"今年这几株桃花会开得很好。

——有很多人的血肥沃着这里的泥土。

——我犯了一种大罪。

（老丁惊愕地睁大了眼睛。）

——是的，我每一天都在犯罪。

——我带着长剑出入皇帝的宫殿——

（老丁惊叫着，试图捂住嵇康的嘴，被嵇康一把推开。）

——是的，我犯了弑君的罪。

（老丁恐惧地缩在墙角。）

——老丁，我还有大罪——

——我日日被欲望驱赶，如蚊蝇食蜜不克自制，我奸淫了无数少女与娈童。在他们洁净青春的肉体上流遍我贪婪的口涎与体液。

——我还有贪财之念，劫掠财货珠宝，搜刮尽甚至贫穷者最后的粮食。

——我并不肯饶恕善良低卑的恳求者，我把他们的尸体曝晒在大门两边，我乐于看那肉体败坏腐烂，生出虫蛆，直到流露出腐臭的腑脏。

（老丁低低哭泣了起来，小小的牢房，仿佛是死囚最后的对话。）

——我在中散大夫的职位上，放任贪鄙的官吏。我参与最大的官僚集团的贪污。我们以大量金钱勾结外族，在边境滋事，促使军队粮饷的增加。我们把不愿同伙的碍事者阴谋毒杀，把尸体掷入河海之中。

（'你，恶魔，——'老丁冲上来，咬牙切齿地诅咒着，捶打撕咬嵇康，却被无情地推倒在地。'坐好！'嵇康厉声指斥着，'你不是说，百姓都为我不平吗？你不是要我申冤我的清白无辜吗？'）

——我何曾清白无辜？

我日日犯下弑君、杀父、淫母的大罪。

——我拥抱荒野中的豺狼，我酷嗜它们身上腥膻的恶臭。我被疫疠的鬼附身，四处散播病毒不可治的诅咒。

——我以意念犯罪，在这最败坏的时代，渴望一切最怨毒的毁灭。"

（老丁从愤怒不顾一切向嵇康的扑杀，变成瑟缩在角落一团莫可名状的绝望的肉躯。他全身发抖，比他看过的所有最恐惧的犯人更加倍地发着抖，仿佛从内在完全被摧毁了，颓倒在地——）

"我还犯了一种罪——"嵇康凄惨地笑着，心里这样想："我使一切活着的人恐惧害怕起来。"

桃花实在太肆无忌惮了，它横生的枝丫窜伸进牢房的窗口中来了。

嵇康盘膝静坐，仿佛要参悟一朵花绽放的意义。

花的殷红，是因为血液殷红。

春天是生长、繁衍的季节。肥胖的花苞是一个一个充满、膨胀、扩大自我的愿望。

春天是一场努力厮杀的季节。

每一朵被歌颂赞美的花都只是一个不顾一切膨胀与扩大自我的欲望。

"它们并不自知，膨胀与扩大便是急速的毁灭与死亡。"嵇康这样想。他看到匍匐在地上的老丁，把涕泗纵横的一张丑陋委屈的脸埋在双掌中。

嵇康心想：我把这老实人吓坏了。

（人们盛称的"慈悲"与"怜悯"只是对老实人短暂的欺蒙吧，好像巨痛的手术中使用的麻药，只是使痛传不到思维中去罢了。）

"老丁——"嵇康于是改换了柔和可亲的声音，他说，"你不是一直央求我弹《广陵散》给你听吗？"

老丁抬起头来，不解地看着嵇康。

"外面盛传的最美的音乐《广陵散》，你不是一直要我弹给你听吗？"嵇康重复着。

"可是——"老丁嗫嚅起来，"可是，我只懂唢呐，我只懂丧家们呜里哇啦的哭声。"

《广陵散》也是一种哭声吧。

嵇康说："我就弹给你听吧。"

"可是——"老丁左顾右盼，"可惜没有琴。"

嵇康从地上站起，在初升的月光下背窗站着，他忽然袍袖一挥，左手捺住桃枝，右手玎琤几下，在坚硬的生铁铸造的铁窗栅栏上弹出几声。老丁吓了一跳。他背面看不清，只觉得嵇康高大的身影在一列铁杆上不断按、弹、敲、拍、捶、打……手指粗细的生铁的栏杆发出的声音，据说使一个城市夜晚都骚动了起来。

"那是什么声音？"惊醒的人彼此询问。

嵇康的手指穿梭过牢狱的铁栅和恣肆的春天的桃花之间。冷冷的铁，和妖媚如血的桃花，在灿烂与残酷之间，在生与死之间。

这是嵇康最后一次弹奏《广陵散》。

据说，嵇康行刑的那一天，有京城三千太学生求教《广陵散》。有人哀哀恳求，这样美好的琴曲，必定要留传下来，以供后人弹奏欣赏。

嵇康看了看跪在地面上穿着长袍、面容严肃的一群学者、音乐的爱好者，忽然厌烦地皱了一皱眉头。但是当他决绝而去，准备把头颅枕上那行刑的木桩时，他忽然看到挤在人群中的狱卒老丁，他便哈哈大笑起来。他似乎故意提高声音让老丁听到，他说："《广陵散》从此绝矣！"

许多爱好古琴曲的学者们都抱怨嵇康，觉得他在行刑前不传《广陵散》实在太自私了，以至于在现代古琴的演奏中少了这个民族最美的音乐。

但是，只有类似老丁这样狱卒的后裔真正知道，《广陵散》尚在人间，是要在每年三月，桃花盛放时，在生死一念的牢房硬坚的钢铁中，仍被如死囚般决绝的赴死者铮铮弹响；绝不是学者们想象的优雅悠闲，也绝不是音乐爱好者们想象的柔美华丽。

这当然只是有关嵇康与《广陵散》的一种传说而已。

嵇康的故事一直困扰着我，他死刑的罪状美得像一首诗——

上不臣天子，下不侍王侯。轻时傲世，无益于今，有败于俗。

上不臣服帝王，下不侍奉贵族，傲慢当世，活着对今日无益，
只能败坏风俗。——这是历史上最美的叛逆者的罪状吧。

CHIANG HSUN

LEGEND

傳說

「借花献佛」，出自《金刚经》。

借花献佛
——写给冠彰的故事

那布满黄金和鲜花的道路，毕竟并没有等到燃灯佛的降临。

    我所听到的"借花献佛"的故事也许是与最初佛经的传说有一些关系的，但是，显然由于故事流传太久远，最早只靠语言口口相传，又因为外来语音翻译的讹误，就开始有了不同版本的"借花献佛"。从印度流传到西域诸国，或经由斯里兰卡东南亚海上丝路，再传入中土，中间经过几次辗转翻译，添油加醋，又产生了不少变异，使关心"原版"的考证家很伤脑筋。

    其实，更主要产生故事变异的原因还在于每一个听故事的人也几乎同时是一个创作者。例如说吧，我下面想要转述的"借花献佛"的故事，是从一个与学术（不管是考古或佛学）毫不相干的年轻人听来的。我姑且称他为 K 吧。

K在T岛的中部一个军事单位服役。他原来是学电脑资讯的，对科技有先天的敏感。在朋友间常常因为有能力使别人的坏了的音响忽然发出声响而负有盛名。扩大到安装传真机、答录机，建议如何用最低廉的费用完成电脑系统等等，都使K在读专科时就骑着一部小摩托车，像天使一样出现在许多对机器束手无策的朋友面前，也使他因此结识了许多朋友的朋友。

　　我便是K朋友的朋友。

　　好像只是因为保险丝烧断了这样的小事，我便仿佛陷入一种困兽的焦虑与恐惧中，不断打电话向四处求援。一个认识K的朋友的朋友就替我联络，不多久，K就骑着他的小摩托车出现在我的公寓门口。听完我仿佛天崩地裂的叙述，他安静地走到公寓门口电门的箱子前，打开箱盖，看了一眼，回头很安静地对我说："保险丝断了。"

　　"保险丝断了？"我有一点失望。我虽然还是不知道怎么修保险丝断了，但我约略知道"保险丝断了"实在不是一件大事，不必要到动员"朋友的朋友"的地步。

　　以后我们——我和K——就变成了常来往的朋友。

　　因为我的电器用品总还是不断出事（大部分是因为我自己对电器全然的无知吧！），而K总是适时地骑着摩托车出现，给我最大的援助。

一个热爱机械、热爱科技的年轻人，仿佛也对我这样对机械科技近于白痴的人感到好奇；他每次在我手足无措时的适时出现都带着不可解的微笑，仿佛一种大人对孩子犯错的宽容与担待，竟使我想到敦煌壁画中佛经故事的菩萨的笑容。

我去中部任职之后，有很长一段时间与 K 没有联络。我知道他在专科的学业即将结束，他大约也猜测得到我初到中部时一切家具电器安装使用上带给我的窘况吧。

因此，在将近一年多没有消息之后，忽然在办公室接到 K 的电话，我是有点讶异的。

"啊！你好吗？你在哪里？"我的面前浮现起 K 的安静的笑容。

K 说他在中部服役，离我任职的地方不远。他的声音有一点低沉，似乎不是精神很好的样子。

"有空见一面吗？我想问你一些关于佛经的事。"他说。

"佛经？"我有些讶异。

"记不记得，我去你家修传真机那一次，你的书桌上有一张毛笔抄的佛经——"

"有吗？"我实在想不起来。

"我开始看了一些佛经。"

我不太能把 K 和佛经联想在一起，我以前认识的 K 也只是被我归类在"机械""科技"范围，或者，更确切地说：被我归类在"帮我解决电器问题"这样一个很目的性的窄小范围吧。

我何曾想到桌上闲置的一张手抄佛经成为我们再联系起来的机缘呢。

总之，我们见了面。

K穿着草绿色的军服，原来壮硕的身体因为军事训练的关系吧，更加魁梧了。但是他似乎失去了原来常保有的那种笑容，眉宇间甚至多了一层深沉的暗郁。

"你有些改变——"我直率地说，但是又形容不出什么地方改变了。

"体力劳动的关系吧——"他缓缓地说。举起手来指指脑袋："跟以前用这里很不一样。"

"很苦吗？"好像问讯兵役中的朋友都这样开始。

"刚开始是。"他说，"后来——"他停顿了。秋日的窗外的阳光把院落中软枝黄蝉纷乱的树影带进屋中。他在一片藤蔓树影纠缠中盘膝静坐着，陷入自己的沉思中。

"我在一本小小的书上读到佛经里'借花献佛'的故事。"他忽然笑起来，"你也读过吗？"

"嗯，读过敦煌变文里的一段，不知道与你读的一样不一样。"

我便把我读到原始的一段"借花献佛"简单说给他听——

小沙弥善慧四处求道，在一次法会中辩论得胜，得到了金币。他就往着婆叶城去。

一日，听说燃灯佛也要到这座城来。善慧就想用金币买花来供养燃灯佛。但是，他跑遍全城，竟然找不到一朵花。有人告诉他：全城的花，都被国王包去了。

国王为了要独享供养燃灯佛的功德，把全城的花早早就命士兵们全数送进宫中去了。全城的花都送往皇宫，像是重要的囚犯，严密看守着。

善慧在城中大街小巷走了一遭，找不到一朵花，十分沮丧。最后他来到城郊，在一口井边看到一个女孩打水，女孩手中拿着七朵莲花。

善慧喜出望外，即刻奔向前去，掏出了金币，向女孩说："把花都卖给我吧，我要供养燃灯佛。"女孩恐惧地摇摇头，把花藏在身后，不肯给善慧，她说，这花得来不易，全城的花都给国王包去了，幸而她认识一个花店店主的女儿，才偷偷藏了七朵花给她，她也要用这七朵花供养燃灯佛，求自己的功德。

善慧听了十分失望，忙碌了一天，好不容易找到花，又是不能买到的，脸上便透露出失望哀伤的心情。

善慧生得十分俊美天真，他一脸悲哀沮丧，女孩看了，也知道疼惜，见善慧垂头丧气仿佛要哭出来的表情，就有些不忍。

女孩问善慧："你刚才说，要花，也是要供养燃灯佛的吗？"

善慧点点头。他心里想：修道的人不就是以佛为尊吗？燃灯佛到耆婆叶城来是千载难逢的机会，我又没有花可以供养他——

女孩感觉到善慧的沮丧，便动了心，说："这样吧，我借你五朵花，我自己留两朵，我们就都有花可以供养燃灯佛了。"

善慧兴奋极了，从井缘上跳起来，拿起花说："快走吧，燃灯佛就要进城了。"

他们二人跑向城门，路上女孩还气喘吁吁地说："国王独占了燃灯佛进城的路，我们绕城外走吧。"

树影已经从 K 的身上移动到墙上去了。

我心境上有一点恍惚。

不太知道为什么在这样的时刻说起"借花献佛"的故事。

我又想起燃灯佛的某些传说，印度原始宗教中常有舍弃肉身的故事，燃灯佛便是以手指肉身燃灯授记的吧，——要一截一截把手足身体燃烧来舍身供养众生。

我在巴黎东方博物馆看过阿富汗一带燃灯佛主题的雕刻，燃灯佛一脚踏在"五体投地"的善慧头发上。善慧"五体投地"让燃灯佛走过，那就是《金刚经》里说的"授记"吗？燃灯佛向善慧说："汝于来世，当得作佛，号释迦牟尼——"

但是 K 所相信的版本似乎更着重"剧痛"与"修行"的因果，我便没有说我看到的阿富汗雕刻图像。

肉体上的剧痛可能是修行的唯一途径吗？我从故事中游离到自己的胡思乱想之中。

"后来呢？"被我遗忘了的 K 显然在等我的故事结局。

我已经没有心情叙述细节了，就草率地说了结尾：

"后来燃灯佛就进了城，善慧把借来的七朵花掷向空中。七朵花，有两朵落在燃灯佛的两肩，有五朵形成伞盖，护在燃灯佛的头顶。"

"后来呢？"K 仿佛又流露出了他未服兵役前那种孩子气的笑容，有点顽皮地追问着。

"后来他们——善慧和女孩——就结为夫妻啦，生生世世为夫妻。一直到善慧修成正果，就是释迦牟尼佛，女孩便修成了阿罗汉。"我迅速地结了尾，心想可以结束这"借花献佛"的故事了。

K 却摇摇头，他说："你漏掉了一些重要的部分。"

"可能，这个故事我是很久以前读的，我也没有特别在意细节。"我说。

"你知道，燃灯佛要进城的路都被国王派军士围住了。"他说。

"有吗？"我是真的不记得了。

"是的，从皇宫到城门口，一条笔直的大道，全部铺满了黄金和鲜花。一条迎接燃灯佛的大道，真是辉煌灿烂，连空气里都充满花的香甜馥郁，连蝴蝶蜜蜂都被招引来了——"K以前并不是这样善于语言的，他仿佛身历其境地说着故事，好像亲身经历了当时的一切细节，他说，"铺满了黄金和鲜花；可是不许任何人接近。路的两边都有持刀械的军士，他们恶狠狠地斥令百姓不得接近这尊贵的道路。"

　　"我不记得原来佛经中有这一段。"我开始怀疑K曾经是一个特别热爱科学的准确思维的青年。

　　"有的。"他斩钉截铁地回答，不容我的一点怀疑，他说，"你知道，拥挤在城角的百姓多么渴望能一见燃灯佛啊！他们干瘦如柴，或哑或聋，身有残疾，缺手缺脚，下身围着仅有的褴褛的布片，彼此推拥着，他们心中这样祈祷：只要让我见一眼燃灯佛也好，我就可以借此洗清了罪孽，我可以因此解脱了生生世世的受苦，可以走上修行的道路。"

　　天色有些暗下来，房中的树影已经不可见了，也许只是我恍惚中的一点犹可辨认的记忆的痕迹吧。
　　我提醒K，或许是应该回营的时间了。

他看了看表，说"还早"，便坚持仍把他看到的"借花献佛"的故事讲完。（但我已开始怀疑他是否真的读过佛经里的"借花献佛"了。）

他说："你看过四肢都切除去了的人吗？在泥地中如猪狗一般滚动着。是的，就是那样，他努力要从人群的脚缝中找到一点空隙，伸长脖子，去瞻望燃灯佛的伟大。

"他匍匐在泥泞中，他艰难地伸长着脖子，举起他只剩下肩膀如圆球般的手臂，嘶哑地叫着：给我一点空间，给我一点空间。

"可是大部分的人很厌烦他的吵闹，一个小生意人便回头朝这肉球脸上吐了一口唾液，'呸！'他骂道，'你也想修行吗？去你的阿鼻地狱吧！燃灯佛会眷顾你吗？他是何等的人物，他要走在黄金和鲜花上面啊！'

"生意人连续'呸'了好几声。又转过头奋勇地想再往前挤一点，可是还是被军士们的刀械恶狠狠地打回来了。"

"善慧都看到这些了吗？"我忽然相信K或许没有读过"借花献佛"的故事，但他必定经历了一次很类似"借花献佛"的事件。那么，事件的关键或许在善慧吧。

"看到了——他流下了眼泪。"K说。

"他把手中的七朵花掷向空中，那七朵花便一一落在那斩去了四肢的肉球的身上，落在那还沾着唾液与泥泞的脸上。"

"啊……"K传说的画面里燃灯佛是无四肢的残疾者？

"善慧看到那无四肢的肉身继续在泥泞中滚动，眼看着前面还有更大的一个坑洞，布满脏泥和秽物，善慧便止住了眼泪，全身扑向那泥坑而去，他用自己的身体铺在泥污之中，让那渴望亲近燃灯佛的艰难的肉体从自己背上滚过。"

"你知道——"K忽然抬起头说，"那布满黄金和鲜花的道路，毕竟并没有等到燃灯佛的降临。"

"燃灯佛走过的是善慧的身体吗？"我这样问。

K笑了，他忽然环看起我住屋的四周说："你有什么电器不灵了吗？我放假时是可以来修理的。"

"电器没那么容易坏，只是我常常不会用罢了。"

以上便是我的朋友K和他的"借花献佛"的传说故事。

以上是一九八八年的故事，我与 K 一晃眼有二十年没有见面了。因为网络，他最近寄了照片给我，络腮胡，胖了，留了手机。我打过去，问他在做什么。

"主持电视购物！"他说。

我们又聊起"借花献佛"的故事，我说：觉得应该改写，那个霸占了所有的花的国王，以前觉得他是坏人，也没有很多描写。如果重写——我说："国王应该也是在修行的吧！"我想起《金刚经》的句子"初日分，以恒河沙等身布施——"

K 没有回答，只是说："有机会见面吧。"

CHIANG HSUN

LEGEND

傳說

「大卫和约拿单」，出自《圣经》。

宿命之子
——约拿单

没有人知道先知撒姆耳因为缺少了一片主管快乐的心脏的瓣膜，因此，他能敏感到的只是人间忧伤的事，对于欢愉快乐的事，他反而比常人还要迟钝。

先知撒姆耳在寻访人间的新王。

那是一个异常忧伤的年代。据说，鳄鱼都爬出沼泽，在通往宫殿的路上向过行人吐舌哭泣。撒姆耳相信这是要立新王的征兆。

"瞎眼撒姆耳，鳄鱼在通往宫殿的路上向行人吐舌哭泣啊！"有人急急忙忙跑来向他通报。撒姆耳向空气中嗅了嗅，感觉到潮湿的带着海藻咸味的气息，他一切便都明白了。但是瞎眼的撒姆耳不动声色，他像往常一样把长满花白头发的巨大头颅垂在两膝间，仿佛在郁热的下午进行一次漫长的打盹儿。

通常先知预言的能力都来源于身体器官某一部分的残缺。"残缺使人类异常完美——"古埃及人常常这样说。

但是，许多人误会了。先知撒姆耳的残缺并不是他双眼失明（那只是可见的器官的残缺罢了）。他真正残缺的部分是他心脏上少了一个主管血液舒通的瓣膜——那瓣膜在每一次心脏如泵一样把血液向全身涌出时，便如一片花朵上的花瓣，精巧地张开，使血液可以无阻碍地进入，分布至全身的血管。

"我缺少一个使我自己可以快乐起来的瓣膜。"撒姆耳很年轻时便这样想。然而，也因为如此，他的胸口总有一些他人觉察不到的悸动，使他对人世间一切未发生的灾难、悲剧、哀痛和忧伤有了预言的能力。

"太阳向北方倾斜十五度，将使约旦河上游的土地变得寒冷阴暗了。"先知撒姆耳坐在秋分的位置上向众人布告。

许多人开始信仰撒姆耳的预言，奉行他的指示，用来判断历史、天象，用来做耕种、迁居或旅行与战争的参考。但是，没有人知道先知撒姆耳因为缺少了一片主管快乐的心脏的瓣膜，因此，他能敏感到的只是人间忧伤的事，对于欢愉快乐的事，他反而比常人还要迟钝。

人们希望从撒姆耳的预言中预知伤痛悲苦的劫难，可以预先防范，但是，先知撒姆耳预言的忧伤悲苦是没有人可以逃避的。

"空气中这样潮湿，仿佛可以流下泪来了。"撒姆耳忧愁地摇了摇头。

坐在宫殿中的扫罗王也听闻了有关鳄鱼哭泣的事，有些坐立不安起来。

"召先知撒姆耳来——"扫罗王这样传令下去。

扫罗王不知道撒姆耳是忧愁的先知，他带来的征兆注定是一个悲剧。

"说吧，撒姆耳，鳄鱼都离开了沼泽，在我宫殿的四周向人吐舌哭泣，这是什么征兆呢？"在未知的命运前，扫罗王如同一般众人一样恐惧战栗。

"神决定了他的拣选——"撒姆耳说，"神必不改变他的拣选。"

"他拣选了什么？"扫罗王焦急地问。

"他使空气中充满百姓庶民的泪水，他安排牧羊的少年击败一切邪恶，他要拣选这少年，立为人间的新王。"撒姆耳历历如绘地说出他的预言。

撒姆耳所说的"少年"就是《圣经·旧约》中最出色的英雄大卫。

大卫是俊美的少年，刚长出了髭须。他身手矫捷，在山野间牧羊，常常用石头弹弓击打侵袭羊群的狮子和狼，锻炼出迅速而又准确的动作，是他七个年长的哥哥都比不上的。

在历史上大卫后来被神化为全能完美的英雄，因此，很少人知道他其实只是一个带着稚气、还有一点顽皮的、心地单纯的少年而已。

一个身体内萌发着自己都无法控制的旺盛精力的少年，他在陡峻悬崖间奔跑跳跃，他饥饿时摘食野生的葡萄，吸吮母羊的奶，他常常远离哥哥们独自到荒僻的野地，以他迅速又准确的飞石击打天上的大雁，击打丛林中的麋鹿、松鼠。他甚至不知疲倦，在橄榄树林中躺着细数天上星辰的种类。

这便是先知撒姆耳预言的人世间的新王，是古圣经中第一个被神以恩膏赐福的王。

大卫站在星辰繁华的夜空下，他看到月色明亮可以映照出自己地上的影子。当影子有一些晃动时，他才发现从自己的影子中走出另一个人影来。

"谁——"大卫机警地转过身来。手中已扣好弹弓上的石头。

"约拿单——"一个在月光下微笑的面容，被白天的日光晒得有些发红的脸，上身穿着一件羊毛织的圆领短袍，直直地盖到他的臀部，露出粗壮的腿。

月光下大卫和约拿单的相视而笑是没有第二个人知道的。只有坐在宫殿门口的先知撒姆耳听到了鳄鱼们在沼泽中的不安，空气中开始弥漫起潮湿忧愁的空气。

那是第一次先知撒姆耳预知了扫罗王之子约拿单悲剧的结局。

扫罗王如果是一个暴戾好战的国王，他的儿子约拿单刚好相反，他的单纯善良的心久久已使国土中的人民喜爱，而他周遭的亲人朋友也没有不被他天性中极温和体贴的部分打动的。

约拿单身上那件穿惯了的粗羊毛短袍是他特有的记号。一般说来，在那个时代，王族与豪富者都穿从东方传来的华美的丝的衣服。但是约拿单觉得丝绸太炫耀了，他也有些害怕丝的细致与太过华丽的感觉。因此他像一般牧民一样穿粗羊毛的服装。又在他发育后长得特别快的年龄，他的短袍看起来就有一点不合身，露出浑圆的臀部和粗壮喜欢运动的腿股。他甚至剪去了短袍的袖子，使袍子像一件背心，连肩膊也露在外面。

在月光下，大卫虽然第一次见到约拿单，也还是被他良善温和的微笑打动了。大卫也从约拿单穿的衣服上判断他不过是一个牧民家庭出身的少年吧。大卫自己倒是穿得合身讲究，一种染成孔雀蓝的毛质长衫，衬托得他出众的俊美更加明亮，长衫倒三角形的领口一直开到腰间，可以看到他宽阔的胸在呼吸时微微地起伏。

两个少年在月光下相视而笑，他们仿佛已经十分熟稔地说起天上的星辰繁华种种以及初春时河流结冰解冻时潺湲的水声。

林中的鸟雀都惊慌着将要来临的战争，扫罗王从先知撒姆耳处知道了预言。愤怒的扫罗王立即下令动员大军要逮捕扑杀预言中的新王。

然而，月光下两个少年相视而笑，他们活在预言之外，他们不知道历史，也不懂传说。

《圣经》上神化了大卫，约拿单也一开始就认定大卫是神的拣选，一心一意要帮助大卫战胜扫罗王，成为新的王。

但是，约拿单是扫罗王的儿子，在那个父系家族的时代，约拿单的帮助大卫，对抗自己的父亲，是背负了多么大的叛逆家国的罪呢？

因此，约拿单的背叛父亲，帮助大卫，始终是历史上的谜。

战争四处蔓延。扫罗王以疯狂的杀戮报复神立新王的预言。甚至，他下令斩杀宫殿四周哭泣徘徊不去的鳄鱼，他痛恨它们狰狞而又仿佛悲悯的表情。鳄鱼被军士们追杀，而且截断它们可能逃回沼泽的通路。军士们燃烧芦苇，造成巨大的火海，火焰的浓烟和鳄鱼被烧死的恶臭卷成向天空冲去的壮观的景象。

"扫罗杀死千千——"民间被命令传唱一首奇怪的歌谣。连妓院的女子在以下体接待客人时也必须在交媾的呻吟间交错着唱出"扫罗杀死千千——"这样的句子。扫罗王派出无以计数的密探，查防民众唱这首歌的热烈程度，他要借此扑灭神要立大卫为新王的预言，他把密探查访到对歌曲有轻蔑之心的民众统统抓来，绑在树上，拔去他们的舌头，使他们张着血淋淋的大口恐怖而无声地死去。

先知撒姆耳这次也终于预言到自己的命运，他空洞的瞎眼中流下眼泪，他看到无止境的黑色空洞中液体的缓缓流动。扫罗王痛恨他说了不利于自己的预言，决定秘密把众人拥戴的先知捉起来，他要密探和军士们以一种特制的铁钉嵌入撒姆耳的口中，从上下牙龈的部分牢牢固定住，从此，撒姆耳再也张不开口，只能从齿缝中呒吸一点乳品和水过活。

"我要使先知闭嘴——"扫罗王仍然无法平息他的暴怒。四处逮捕尚未像撒姆耳一般享有盛名的先知，一一割去了他们的舌头，使历史失去了预言。

但是，历史总有暴政者意想不到的新的预言产生——

不久民间还是又开始流传起另一首隐秘的歌："大卫杀死万万——"

"没有先知了——"扫罗王在宫殿中惶恐地大叫着，"没有先知了，怎么还会有预言？"

的确，没有人知道这歌谣从哪里开始流行。扫罗王所有最精明的密探都查访不出，甚至误杀了许多妓女（她们总是在交媾时不自禁地唱着新近流行的歌谣）。妓女被冠以伪先知的罪名一一处死，曝晒她们的肉体，使一切和这肉体有秘密关系的男子忍着眼泪离去。

有人相信先知存在于查访不出的某处幽僻之地，有人相信神在睡梦中把预言的歌谣注入每一个沉睡者的脑中，等到黎明，所有人就自然而然都会了预言的歌谣。

"大卫杀死万万——"

大卫并不完全知道自己的处境，他有几次感觉到整队的军士向他冲杀，他都以迅疾的弹弓将他们一一打倒，但是，他还是不明白近日愈来愈多的残杀与暴戾的战争是为什么而起的。

《圣经》中有关大卫打败巨人歌利亚以及他许多英勇的事迹都还没有发生，大卫此时还是一个未经世事的少年，他有些怀念那一夜在繁星夜空下认识的少年约拿单，此后，他们没有再见面。

大卫看了看被约拿单赞美过的孔雀蓝的毛质长衫，他有些后悔：我应当与他交换衣服的，如同古先知所说：和你们相爱的人交换衣服，如同交换你们的生命。

但是在战争四起的混乱中，大卫不知道要到哪里寻找约拿单。他听说鳄鱼被焚烧的消息，他也听说先知撒姆耳被用铁钉嵌住牙龈，再也无法预言了，大卫有些忧伤，他不懂为什么会有那么多不幸的事发生，他赶起羊群，挤在许多从城市逃亡的人中，茫然无目的地走着，叮咛自己下次见到约拿单一定要和他交换衣服。

扫罗王听到"大卫杀死万万——"的歌谣弥漫在城中，使他觉得密探捕抓来的人每一日都超过数百人，宫殿广场布满了鳄鱼、妓女和被冠以伪先知之名的民众的尸体。他也觉得预言的可怕了，于是他想在预言应验前做最疯狂的一次对大卫的扑杀，他要以玉石俱焚的方式叛逆预言。

扫罗王的扑杀行动在皇宫最机密的会议中决定的，大臣们都知道这次行动倾动王国的全力，不敢掉以轻心。只有约拿单坐在父亲的右手边，有些孩子气地望着盛怒而疯狂的父亲。

"约拿单——"扫罗王温和地抚爱约拿单的肩膊，再一次叮咛，"这次行动是不可以在外面说的，懂吗？"

约拿单点点头。他没有要跟任何人说起这次秘密扑杀大卫的计划。他知道大卫特有的孔雀蓝长衫已成为扫罗王密探查访到的重点，而这次扑杀中也将以孔雀蓝长衫为主要追杀的标志。

约拿单拥抱了父亲，告别出来，一路走出宫殿，穿过布满人与鳄鱼尸体的广场，走进哭嚎拥挤的逃亡的人群中去。

在距离宫殿大约十里路的旷野上，约拿单看到大卫和他的羊群。他一眼看见那孔雀蓝的长衫，从远远的地平线向宫殿方向走来。

他们在空旷尘土飞扬的野地中相遇了。阳光十分亮烈，使他们都眯着眼，然而，他们都看到了彼此相视而笑的温和的面容。

"大卫，我的兄弟——"约拿单走向前，拥抱了大卫，又亲吻了大卫的嘴，向大卫说，"我以亲嘴向你立约，你是我可以交换的生命。"

约拿单在宫廷中受过先知们较文雅的教育，他的亲嘴与立约的誓言都是古希伯来的仪式。大卫生长在牧民之中，完全不知道约拿单仪式的意义。但是，他听到约拿单说"交换的生命"便记起自己一直要与约拿单交换衣服的心愿。

大卫急速把孔雀蓝的长衫脱下来，递给约拿单。约拿单看着阳光下灿丽的蓝色衣裳，发着如鸟羽的色彩，双手感觉着尚遗留在衣服上未曾退去人的体温。他又看着大卫刚刚长成的少年的美丽的身体，约拿单忧伤地微笑起来，他心里想："真的是生命的互换吗？"

大卫十分坚持这友谊的表示，约拿单便接受了。约拿单也脱下圆领羊毛的短袍，递给大卫。

两个赤身的少年在风沙飞扬的旷野，在历史最惨烈的战争之前，彼此互换了衣服。

如同《圣经》所述，扫罗王一路追杀孔雀蓝长衫的少年，因此错过了扑杀大卫的机会。

大卫得以脱身，以后成为古希伯来最受景仰的君王。

不知道他是否仍记得旷野中与他交换衣服的沉默的少年，以亲嘴与他立约。

也有人说，约拿单才是真正秘密的先知，他的诞生，他的爱与他的死亡都在他预知的宿命之中。

二十一世纪的第十九年春天，重读自己将近三十年前胡写的传说，刚看完胡波的《大象席地而坐》，无端想起这在二十九岁夭亡的诗人的美丽生命，他，胡波，或许也是一个传说中的宿命之子吧。

CHIANG HSUN

LEGEND

傳說

编者按

古希腊神话中，河神刻斐索斯与水泽女神利里俄珀之子 Narcissus（纳西斯），自降生之日就有神谕：「不可使他认识自己」。时光荏苒，长成美少年的他有一天在水中发现了自己的倒影，爱慕不已、难以自拔，终于他太过沉迷自我的美貌，幻化成水边一株清幽的水仙花。

有关纳西斯和 Echo

人们至今仍喜欢向那无边的旷野或森林叫唤，而 Echo 也从不爽约，用同样悠长寂寞的声音回答。

希腊神话中被称为"美少年""自恋狂"的纳西斯在水中发现自己的倒影其实是很偶然的。

山林中的葛蔓长藤缠绕着大树，湖面上浮满了常年沉积的腐叶，发出刺鼻的恶臭。野兽们偶然闯进来，不小心陷足在这腐叶的泥淖中，便无脱身的机会，哀鸣数日，也就在同伴们怜悯的注视下毫无办法地沉没了。

山中的野兽一传十、十传百，长久以来，把腐叶湖渲染为可怕的死亡之所；连新生的小鹿和麋羊，也因为久经父母的恫吓，一步也不敢靠近了。

腐叶和葛藤蔓草，加上阳光照不到的暗郁，湿气不能蒸发，地面、树上到处长满了厚厚的苔藓。

腐叶湖像一个严密封闭的盒子，郁结着一团死亡朽烂的气味。

任何强旺新鲜的生命，沾染了死亡的霉菌，便一点一点开始腐烂了。

腐叶湖的中心是一个连鸟雀都不曾去过的深凹的山洞。因为四周被羊齿类的蕨藓层层覆盖，外面看起来没有一点山洞的痕迹，只是郁绿苍黑一片，觉得里面深黝可怖。

从来没有人敢涉足这黑暗的所在。

因此，当那个叫 Echo 的女子走进这里的时候，连树木们都害怕得簌簌发抖作响起来了。

Echo 是一个美丽的女子。她出色的长发，在爱琴海中涤洗，海浪便欢悦得为她搓起雪白的浪沫。她轻盈婉转的歌声使最会歌唱的鸟雀也停止了歌唱。

科林斯的国王曾经用金币铺满整条入城的大道，迎接 Echo，但她笑着跑开了。她的足趾踏过海边的沙地，每一粒沙都努力地拥挤着，想贴近她象牙般足趾的边缘。而她留下的美丽足印，使那长久贪恋她的海浪，一波一波，从老远跌跌撞撞奔跑而来，不断跪伏、舐舔这美丽的足印。直到一点痕迹也看不见了，才怅然地退潮而去。

Echo爱上纳西斯并没有确切的证据。只是那一向爱传播是非的夜枭，一口咬定，在月圆的晚上，Echo回头一瞥看见了纳西斯被月光照得雪白的身体，从此便发痴一般，不能自拔地恋爱起纳西斯了。

　　夜枭因为喜好传播八卦，说他人是非，长期以来，名声太坏，它的话，原来也并没有太多正派的人相信。

　　但是，Echo的确改变太大了。

　　她愉悦的心情变得深沉暗郁了。鸟雀们不再听见她的歌声。她的长发纠缠在一起，许久没有清洗梳理，完全失去了黄金的光泽。她常常失神地一个人在山林中行走，远远看见有人来，就悄悄躲避开来了。

　　因为没有人知道Echo变得不快乐的真正原因，多嘴的夜枭的说法，也就慢慢使人相信了。

　　"纳西斯使Echo变得不快乐了。"整个希腊半岛到爱琴海一片广大的海域中都流传着夜枭的话了。

　　Echo偶然也看见人们对她指指点点窃窃私语，加深了她对世人的畏惧。她愈来愈逃避日光，躲向阴暗幽寂的角落。日子久了，她的皮肤失去了原来红润金褐的光泽，苍白中透着惨绿青苍。她的腋窝处甚至生长起像藻类的斑藓，而她呼吸出的忧郁空气，有一次竟使一朵新生的铃兰感染了忧郁，立刻垂萎死去了。

为了彻底躲避世人的目光，Echo一步一步退到了腐叶湖的附近。她像一只受伤的蚕，一层一层，把自己用黑暗的丝线缠裹包缚起来。

腐叶湖没有声音，没有光，没有生命。这里沉积着腐败、绝望、死亡。这里把人世最深的悲哀和郁苦放在一起，坛装封存成致死的毒药，而Echo一点一点喝着，啜饮着，想用这剧毒杀死心中的伤痛。

人们害怕腐叶湖，都不敢靠近。可是人们又对腐叶湖怀着许多好奇，他们便假借"同情"或"怜悯"种种理由，在腐叶湖附近徘徊窥探。

偶尔Echo的身影会在树隙一闪而过。因为她的身体已经长满苔藓，她的发也与葛蔓纠缠不清，在那样暗郁的林中，其实若不是有极好的目力，是根本分不清楚究竟是人或树木的。

但是Echo还是被这些指点窥探的眼光惊扰了，便决定退居到腐叶湖中心的山洞中去。

人们只看到腐叶湖四周的树木一阵抖颤，好像遭遇了可怖的飓风，从此，Echo就再也不曾出现过了。

"Echo——"

有人用双手拢成喇叭状，向那不可见的忧伤女子叫唤时，隔了一会儿，也会从那郁绿黑暗的林子中，回应着极悠长寂寞的"Echo——"。

Echo 从此被称作"回声"，她是这半岛上唯一一只有声音在人间流传的女神。

"Echo———"

人们至今仍喜欢向那无边的旷野或森林叫唤，而 Echo 也从不爽约，用同样悠长寂寞的声音回答。那声音像是被囚禁的人向人间的遥远微弱的回应，是消失了身形的女神，留在这人间的寂寞空虚的声音啊！

至于纳西斯，对 Echo 的事始终不知道。他四处流浪，用河边的芦管做笛，毕毕剥剥吹着不成曲调的音乐，人们有关他的谣言，他也一丝儿听不到。

纳西斯的行径引起了人们的不满。他们简单的逻辑是：Echo 因为纳西斯而失去了快乐，纳西斯因此也不可以是快乐的。

但是，纳西斯实在是一个很童骏个性的傻小子。他成长得异常美丽的身体，使人误以为他有一个聪敏的头脑，而事实上，不但他对 Echo 的传说一无所知，即便是有人义愤填膺，暗示他对 Echo 的事应当负起责任，他也还是懵懵懂懂，以为对方说的是另一个负心男子的故事。

"真是一个美丽又无情的东西啊！"

蜗牛偶然从壳中探出了头，看到纳西斯吹着芦管欢悦地走过，便怨怪地瞪了纳西斯一眼，然后又缩回到它的壳中去了。

纳西斯始终并不知道有一个叫 Echo 的女子。

他把芦管插到腰间，拣选了一个满开着水仙的河边躺下。他的手可以轻轻抚动水波，而那些水仙花的影子便错落地映照在他的脸上。天上是大朵大朵的白云，迅速地变幻着。

水浅浅地流过他的身体。他觉得被一只轻柔的手拍动着，是一种缓慢而引人入睡的节奏，他便垂下了眼皮，渐渐沉入梦中去了。

他梦到那在水中的身体，一点点生出了细白的根芽，慢慢攀住水中的细砂和石粒。水清洌极了，他可以由这新生的根芽吸取甜美的泉水。他的血脉中全是透明的泉水在流转，带着轻盈跳动的小水泡。他深深吸了一口气，满是水仙的芳香。啊，从那新生的根芽上竟抽出了一枝葱绿的身体，他的四肢变成细长的叶瓣，向四面披散摇曳起来了。风一吹过，他便努力震动起他的叶瓣，像一只飘飞的蝴蝶。

他金色的卷发，一瓣一瓣，向四面张开，结成一朵美丽的水仙花。而他在梦中被水流激动，从眼中涌出了泪来，便一一凝成花瓣上的露珠，在日光下闪耀得异常明亮。

纳西斯不知道这一次的梦变成了永恒的梦。直到今天，那河畔蔓生的水仙，还以为是在做着一个美丽的下午短暂的梦呢。梦一旦醒了，纳西斯就还是一个少年，要拾起芦管，蹦蹦跳跳去四处唱歌了。

只有夜枭还在编造纳西斯和 Echo 的故事。人们对这山洞喊叫时，也还听得见凄凉寂寞的回声；午后的河滩上也还看得见只有纳西斯俯水自照可以比拟的水仙，开放成一片，人们对夜枭的话也因此深信不疑了。

CHIANG HSUN

LEGEND

傳說

「割肉貿鴿」，出自《金光明經》。

尸毗王与鸽子

尸毗王一次又一次，命令武士从他身上取下肉来，放在天平上，企图去救下鸽子的生命。

《金光明经》中有关尸毗王"割肉贸鸽"的故事，一直迷惑着我。

"贸"是交易，传说尸毗王割下身上的肉，给老鹰吃，用来交换一只鸽子的生命。

据说，那只鸽子飞进王宫来的时候，尸毗王正看着姬妾们舞蹈。

他喝得多了一点，那北边贡来的酒，带着新醅的橄榄的香气，浓郁芳冽。盛在镶银的贝壳杯里，一杯一杯喝着，不觉得厉害，喝完了，舌根上却翻起一阵野辣的感觉，好像舌头给太阳灼伤了，使他频频张开口，试图用新鲜的空气抚减舌根上的烧热。

姬妾们疯狂地舞动着。她们手腕和脚踝上戴满银质的铃铙，一震动，便发出叮叮细碎的音乐，好像风吹过棕榈，叶子的窸窣。

那艳红、明黄的丝绸，缠裹着美丽的胴体。黑色的长发，因为舞蹈，汗湿了，黏贴在鬓旁。

她们不断扭转着手腕、脚踝和腰肢。是一种极深的情欲的动作，纠缠旋扭，似乎热情过头，不克自制，已到了痛苦的地步，可是犹纠缠着，纠缠着，不肯放弃。

那妖媚如蛇的眼睛，

流转着情欲的波光；

美丽的女子啊！

为你可以死亡。

乐师唱着那著名诗人的新句。

尸毗王打了一饱嗝，不自禁抚向自己圆鼓的小腹。

这年轻而貌美的君王，在酒酣中看着自己的身体，又看一看舞蹈的姬妾。丝绸、珠宝、乐师呢喃的歌声，一切都那么恍惚。被浓郁的酒香和檀木燃烧的气味缭绕着，他觉得那恍惚很熟悉，是美丽又虚幻的一种光，他曾经在哪里看过的。

"咻——"

当那只鸽子忽然飞进来的时候，尸毗王全身打了一个寒颤，好像被命定中一支又长又尖利的箭一下子刺穿了心脏。

那鸽子从右边的窗口飞进来，在室内绕了一个弧形。尸毗王还没看清楚，电光石火般的一闪，那鸽子已停栖在尸毗王张开的左掌心，像一片冬季高山上静静落下的雪。

"啊——"

尸毗王惊叹了一声。

那是一只纯白的鸽子，比夏季盛放的茉莉花还要白，比新挤出的牛乳还要白，比死去了很久的牛马曝晒在旷野的尸骨还要白。

尸毗王被多种绚丽的色彩塞满，已经恍惚混浊的眼睛，忽然好像受到了清凉的沐浴。

他怕惊动了鸽子，他怕鸽子飞走，慢慢抬高手掌，仔细端详着。

"啊，真是一只美丽的鸽子。"

尸毗王感觉着那轻轻踏在掌心的鸽子身体的重量。这样不可测度的重量，很轻，又似乎很重。

"是美丽的生命的重量啊！"他俯身去看鸽子，想亲吻它一下。

那鸽子也似乎不怕人，它扭转头，用灵活的红宝石般的小眼睛四处张望。忽然，"咕"的一声，鸽子恐惧的一叫，整个身体缩成一团，发起抖来，翅翼的羽毛也因为这突如其来的恐惧松弛了下来。

尸毗王觉得奇怪。顺着鸽子的眼光看去，在那右边的窗栏上，不知道什么时候，停立着一只巨大的枭鹰。一身黑色的羽毛，像一件斗篷，露出威猛阴惨的表情，一动不动，尖厉地瞪视着尸毗王掌心上的鸽子。

尸毗王又打了一个寒噤。他弄不清楚，这突如其来的鸽子与枭鹰，与他的生命有什么关联。他觉得霎时从酒醉中醒了，可是，又似乎坠入了更深的梦中。

以下有些部分是当时在场的人记述的，应当是较近事实的吧！但是传说完全不符合文学书写的逻辑，尸毗王竟然出现与往常完全不同的性格。

尸毗王看了枭鹰很久。乐舞都停止了。

乐师及姬妾们都安静地侍立两侧，仿佛在等候什么重大的宣示。

尸毗王看了鸽子很久，忽然流下泪来了。

他向枭鹰说：

"鹰啊！你是来啄食这鸽子，取它性命来的吗？"

枭鹰并不回答。它桀骜、严厉，不通人情。它俯瞰着命定的一切，微微动了一下它那高傲不屑的鹰羽。

侍者们以为尸毗王要咆哮震怒了，他应该即刻命令武士杀猎这可恶的枭鹰。

然而，他没有。这是传说与文学逻辑的不同。

尸毗王思考了一下，没有暴怒，却用侍者们从来没有看过的祈求的表情向枭鹰说：

"鹰啊，你放过它吧。我给你任何你要吃的食物。"

侍者们震惊了。这是王的祈求啊，这平日颐指气使高傲的王，此时却为何对一只枭鹰俯首卑微祈求呢？

可是枭鹰仍然是一副丝毫不欲通融的表情。它略一转头，用带着嘎音的低沉沙哑声音说：

"我只吃带血的肉，活着的，带血的肉！"

枭鹰的声音使整个王宫散布着一层寒栗的气氛。像下了一场霜，每个人都感觉着那近于死亡的阴惨与怖厉，失魂丧胆地望着这披着一身黑羽的巨大的死神——它尖利的喙口带着血迹，它的利爪锐如锋刃，它低嘎的声音，冷冷笑着，像一张网，密不透风，一切生命都无处可逃。

　　那鸽子认命地蹲伏在尸毗王的掌心，颤抖着，一无反抗的能力，连逃避的念头也不敢想。

　　尸毗王沉思了一会儿。他似乎在做一个重大的决定。

　　这一生，带领过骁勇虎贲将士，杀伐侵凌于邻国的土地，掠夺财宝与蹂躏奸淫妇女。这一生，曾经策谋宫中的将士，敉平阴谋者的篡夺帝位。这一生，在朝堂上议论国家重大的典章制度，睿智英明，毫无闪烁。可是，他为何改变了？侍者们从来没有看过他像这样深沉思考过，犹豫不决，仿佛有着不敢轻忽的慎重。

　　啊，这一刻，一切都静止了，乐师的手还扣在西塔琴的弦上，姬妾们手腕足踝上的铃铙像死了一样，安静到没有一点声响。只有尸毗王听着自己的心跳，鸽子的心跳，透着他的手掌，那心跳与心跳连成一种极安定静谧的声音，好像可以永远不断有节奏、有秩序地跳下去……

　　"好吧！"尸毗王忽然朗声回答。好像做了一生最重大的一次决定。

　　他命令侍者取来一支精致的天平，在天平左边放置了鸽子，然后，取出腰间的匕首，交给御前武士，他下令道：

"从我身上取一块与鸽子等重量的肉，交给这枭鹰！"

枭鹰桀厉地笑了起来，那笑使每一个人都汗毛悚立。

"带血的肉，一定要等重量喔！"枭鹰嘲讽地说。

尸毗王下令了。姬妾们吓得掩面哭泣，太监们吓白了脸，竟有人捧腹呕吐起来了。

那锋利的匕首，像一片新绿的柳叶，划进尸毗王腿部的肉中。

尸毗王觉得那是从未经验过的痛，是一种冷静的痛，痛到脑子出现了从未有过的清醒。

他额上冒出一颗一颗汗粒，鲜血沿着刀刃滴下，身上的肌肉，也因为痛，纠结成一块一块。

武士迅速取下那块带血温热的肉，放在天平的右边。

看来那块肉是够大的，然而，奇怪，天平却纹丝不动。那蹲伏着鸽子的一边，仍然沉重地低垂着，没有任何改变。

枭鹰再次桀厉地尖笑起来：

"一定要等重的喔！"它那嘲讽的声音，带着阴惨、怖厉，飘飞回荡在所有人的头上，使人感觉得到那生命底层最深的空洞与无望。

尸毗王的故事，接下来，便是一幕极惨厉的画面。

尸毗王一次又一次，命令武士从他身上取下肉来，放在天平上，企图去救下鸽子的生命。

一块一块的肉在天平上堆叠。

然而，天平却始终没有改变。无论在右边放上多少尸毗王的肉，却无法与左边一只小小的鸽子等重。

　　尸毗王的故事，在东汉以后传入中国，被盲人瞽者传唱，也被画家们当作题材，画在敦煌洞窟寺庙的墙壁上，像连环图或动漫，让不识字的大众理解佛经故事。

　　从北魏到唐，中国人便不断重复着这奇异的印度传说，为什么这其实极惨厉的传说如此流传广大？是信徒们渴望感觉着那生命中不可替换的痛，不可言说的悲哀吗？

　　至于尸毗王，据说，后来身上割到鲜血淋漓，甚至露出了筋骨。他最后环顾全身，真的是"遍体鳞伤"了，还有什么地方可以割得下肉来呢？

　　他又看了看天平，那可怜的鸽子，却还低沉地伏在天平中，天平一动也不动啊！

　　尸毗王似乎忽然领悟了什么，是生命的重量吗？自己的，鸽子的生命重量。

　　"一定要等重量喔！"那枭鹰的声音在空中一闪。他身上的痛，瞬间刹那化成喜悦。这身体，承担了千万种痛楚，此时可以解化而去了。他露出微笑，大喝一声，飞身跃起，全身扑在天平的右边。

　　大地震动，枭鹰和鸽子都不见了。

　　寂静的宫殿，只余下酒醉后的姬妾们与侍者淫嬉的睡姿。在那鸽子曾经飞过的窗口，已透见了一点黎明初起的天光了。

CHIANG HSUN

L E G E N D

傳說

「舍身饲虎」，出自《金光明经》。

萨埵那太子与虎

> 「一切难舍，不过己身。」

"有王名曰摩诃罗陀，修行善法，善治国土，无有怨敌。"

《金光明经》中的摩诃罗陀，是一个如此平凡的国王。他治理国家按一般常规，平易近人，不与人结怨，没有仇敌。

这个有德行的国王有三个儿子，据说都十分出众，佛经上说他们长得"端正微妙，形色特殊，威德第一"。

第一太子名叫波那罗。

第二太子叫提婆，第三太子——最小的，叫作萨埵那。

三位太子都在少年时吧，时时在园林中游戏，追逐尾羽灿烂的孔雀，攀爬到白象的背上，用玉石敲击那又长又白的象牙玩耍。

三位太子都在少年时，在花开烂漫的树下，也会感伤沉思，仿佛时光与春天使他们恋爱起自身，有了忧愁。

故事发生的那一天是这样的——

老大波那罗不知道为什么，在游戏中停了下来，他愁苦的脸使额冠上的宝石都黯然了。

他的两位弟弟——提婆和萨埵那，诧异地围拢来。

"哥哥，你怎么了？"提婆问。

"我不知道——"波那罗蹙着额头，仿佛在回忆一件可怕的事，"我刚才头一阵昏晕，好像所有园里的花一下子都谢了，全部剩了枯枝，爹爹住的宫殿瞬间倒塌了，有狐狸和蛇在里面蹿跳做窝——"

"你做梦了。"提婆嘲笑地说。

"不，不是梦。只是一刹那，可是千真万确。巨大的石柱都断裂了，碎成粉一般，无边无际地撒下来，我大叫……"

波那罗竟哭起来了。

提婆并不十分了解哥哥所说的怪事，但是，他被波那罗从来没有过的惊惧怖厉的表情吓坏了。这是平日十分骁勇的哥哥啊，从小被父亲训练着，可以挽大弓，奔逐于猎场，射杀凶猛的虎豹的波那罗太子啊。

波那罗颓弱地坐在花树下，呆呆地拾起一朵犹自艳红的落花，仿佛不相信，捧在手心上，凑近了看：

"它刚才变黑了，枯干了，发着臭味……"

提婆被哥哥的话语和情绪感染了，他想起宫里新聘来的老师所说的有关世界幻灭的情景。

提婆挨着波那罗坐下，把头依靠在哥哥的腿上，眼中淌下泪来。他忽然想到母亲，想到父亲以及偷偷眷爱的宫里的一个女仆。

"啊，哥哥啊——如果是老师说的幻灭呢？"提婆这样问着。

"可怕啊，只是一刹那，什么都没有了。"波那罗还在他巨大的惊悸中，并不确定是回答提婆的问题。

"如果真的是幻灭，我并不可惜自己的身体。只是，要离开亲爱的人，心里忧愁啊！"

"我于今日，不自惜身。"

"但离所爱，心忧愁耳。"

波那罗的惊惧，提婆的忧愁，波那罗对己身毁灭的恐惧，提婆对离弃亲爱的忧愁，使原本可爱可乐的山林的游戏变得无趣了。

三太子萨埵那不能了解哥哥们的恐怖与忧愁之心，他依然无邪地说：

"不要害怕啊！也不要愁苦烦恼啊！"

"你们看，这样寂静无人的山林，多么美好啊，不是人人都应当觉得欢喜吗？"

萨埵那怂恿两个哥哥继续到山林深处去游玩。

波那罗和提婆对恐怖与忧愁一时也都没有办法处理，就答应了弟弟的请求，骑上马匹，三人并辔驰进森林中去了。

萨埵那转过一片榆树林，树叶窸窣作响。

他静静听了一会儿。仿佛听到了寂静中最寂静的一种声音。起初是空无一物，是全然的死寂，可是后来却是风声，叶子的窸窣，虫子们啃食谷粒的细小声响，蝴蝶飞张翅翼的轻柔声音——

啊，真是静极了，那寂静中，原来泉流水涌，仿佛喜乐的声音，从大海中波腾而起。

萨埵那的坐骑嘶叫了一声。

萨埵那发现自己正在一处绝壁悬崖上。

他离两个哥哥已经很远了。

萨埵那回忆一下方才经验到的那寂静的喜乐，不自禁微笑了。

"啊——"

萨埵那听到哥哥的叫声时，发现两个哥哥也已赶上，并且就在不远的一处绝壁上向下观看。

"看什么呢？"萨埵那问道。

"来看啊！有老虎。"提婆向他招手。

萨埵那移近去看，果然悬崖下有一只大虎，五只小虎，一动不动地伏在地上，仿佛连呼吸的力气都没有了。

"是怎么回事呢？"提婆问波那罗。

波那罗皱了一下眉头说：

"这母虎生了五只小虎，没有食物吃，已经饿得奄奄一息了。"

那五只甫生的小虎嗷嗷着，还努力试图从母亲的肚腹下吸一点乳汁。但是，那母虎不知多久没有食物，陷在绝域之中，已经皮包骨头，肚腹早薄成两片了。

那些眼睛都还未睁开的小虎，蹭摩着，拥挤着，步履维艰，也都眼看着要空乏饿毙了。

"哥哥，怎么办呢？"萨埵那静静地看着波那罗。

"如果母虎饿极了，找不到食物，就会——把亲生的五只小虎吃掉。"

波那罗有点厌烦弟弟的发问，但是，还是据实回答了。他在一刹那间，仿佛又看到了天地的倾覆，宫殿倒塌，树上烂漫的花——枯萎变黑，掉落地上。

"这虎，要吃什么呢？"萨埵那又问一句。

"这虎，要吃新热的肉血。"波那罗说。

萨埵那听到一片塞窣的风声在树叶间走过，仿佛泉涌水流，他又听见了自己内在如此安静喜乐的声音。

"哥哥。"萨埵那说，"我们谁能给老虎吃呢？"

"我们谁能给老虎吃呢？"

波那罗被弟弟的话吓了一跳。

提婆以为萨埵那不该在这么悲哀的事情上还说笑话。但是，他是极聪明的，便假装用冷静的声音告诉萨埵那说："这只母虎，饿了很久，又刚刚生产，极需补充体力，想要给它食物吃的人，也许只想给它一只手臂。结果，它穷凶极恶，会把给它手臂吃的人整个吃掉啊！谁能为了一只饿虎，舍了自己的身命呢！"

"一切难舍，不过己身。"

一切难舍的，不过就是自己的身体吧！

波那罗忽然想起老师解经时的一句话，因此感到更大的忧苦怖惧，觉得今天真不是一个好日子啊！便匆匆督促两位弟弟转身回宫去了。

大约是黄昏的时分，已经快到宫门口的萨埵那又重新转回到那有虎的悬崖上，他借口找一种药草，便与两个哥哥告别了。

佛经上关于萨埵那在悬崖上决定投身饲虎前的一段记录奇怪极了：

"我今舍身，时已到矣，何以故？"

萨埵那太子想到的只是极平常的理由。

他想到了平常居住的房子，墙上镶了各色玉石，有雕嵌美丽的拱形的窗，有长而沉重的丝幔。他又想到了自己穿的衣服，用最贵重的金银线绣成，是天下最巧的手工，蕃莲花缠枝的图案压着袖边。

他又想到了自己吃的食物，有用银瓶盛装的麋鹿的乳，有透着麦香的饼，刚刚烘焙，还带着热气，一小碟一小碟，盛在山昙花衬垫的盘上。那麦饼据说是驴子拖着巨大的石磨，碾整整十天才得的最细的麦粉制的。

"拖死了一只驴子呢！"谄媚的厨师这样夸张着。

他又想到了自己填满鹅绒的丝褥，悬着圆形金边的纱帐。每天晚上，沐浴之后，宫仆们用香料和着牛乳擦拭他的全身。

他看一看自己的身体，刚刚长成的少年的身体，在最完美的供养里长成如神一般美丽，在国道上行走，便引人赞叹啊！

"这身体，为什么这样被爱护着？"

萨埵那这样想着，这是从来没有想过的问题。

"处之屋宅，又复供给衣服、饮食、卧具、医药、象马、车乘，随时将养，今无所乏，而不知恩。"

"这是为什么呢？"

他想不通了。这些屋宅、饮食、卧具、医药、象马、车乘、小心翼翼供养起来的身体，究竟为了什么呢？

而这样珍贵供养的身体，"不知恩，反生怨害"。

这样珍贵供养的身体，有一天，要被无常败坏，是波那罗说的幻灭的恐怖，是提婆与爱别离的愁恼。

"是身不坚，无所利益，可恶如贼。"

这是人类历来最深的厌世吧，竟然用"可恶如贼"这样的字眼来形容自己的身体。

我们想到"厌世"，便想到一个吃尽苦头，对人生绝望的、愁苦者的面容。

但是，萨埵那觉得"是身不坚，可恶如贼"，却全不如此。他一生没有任何缺乏，从没有过挫折不如意的事，而且，他也一点不曾愁苦过。

这也许是印度原始佛教真正的秘密吧，把身体看作是腐臭的痈疽，是病痛，是充满怖畏与苦恼的东西，才有了萨埵那太子一念的舍身吧。

萨埵那太子的"舍身饲虎"对中国人来说是很难理解的。中国人的"舍生"，是为了肯定生命有更高意义的追求，印度人的"舍身"却是从本质上对生命存活意义全盘的否定。

世界上有比萨埵那太子更虚无的对待生命的态度吗？我想不通，但是敬畏这故事传说里巨大的感动力量。

"若舍此身，则舍无量痈疽、癞疾，百千怖畏。"

萨埵那又听到那叶间安静的风声，他喜悦地微笑了，觉悟了"此身如贼"。而今，竟可以积极对付这"贼"了。

他纵身一跃，从悬崖上跃下。

一刹那，泉涌水流，空中有窸窣叮当的声音……

他觉得自己像在飞翔，好像在空中停了很久！

然后，他撞到了岩石，折断了手臂、双腿，额头也破了一块。断裂的肋骨像锯齿一样撕拉着他的肌肉，他感觉着一种痛，火烧一样。

他勉强睁开眼睛，额头的血使他看不清楚，但是他依稀看到那母虎与五只小虎就在不远的地方。

他闭上眼，等待它们啖食自己。波那罗和提婆都认为这虎饿极了，碰到人，绝无幸免的了。

但是，奇怪，等了许久，并不见虎来。

萨埵那太子又挣扎着爬起来。他断折的手臂已肿胀到像腿一样粗，炙热发烫。

那母虎原来已饿得无法移动，虽然有心要来吃人，奈何连站都站不起来了，只能眼睁睁看着眼前一块肥肉。

萨埵那太子着急了。他的双腿没有一点行走的可能，手臂也不能使力，他试试用滚的，似乎连腰也因为太重的摔伤，完全无力。

他好像更确切知道"是身不坚"的意思了。

最后，他勉强用一根靠自己近旁的枯树枝，利用树枝尖锐的一端，刺开了喉部血管，让血液汩汩流出，他又用树枝疏导了一会儿，使血流向母虎。

那母虎看到血流到面前，便伸舌吮吸。一直到这血重新使它恢复了体力，便站起身来，走去把萨埵那太子吃掉了，吃得一点也不剩。

据说，等波那罗和提婆再赶回来时，悬崖绝壁下只剩了一堆干干净净的白骨了。

佛经里这一段记载恐怕是很难理解的吧。

特别是对充满"人本"思想的中国人，萨埵那太子的"舍身饲虎"是荒谬而不近人情的故事吧。

自从唐代以后，萨埵那太子的故事被中国人排斥，逐渐淹没了。

但在北朝的三百年间，却是很流行于中国的民间。敦煌的壁画里，也常常以此为主题画成巨幅的壁画。

我最喜欢的一幅重复画了三次萨埵那太子，一次跪地许愿舍身，一次翻身坠落悬崖，一次倒地横躺。

传说这样不近情理，生命如此荒谬，这样的故事为何不断出现在北朝至唐的洞窟？作为信仰的图说，又为何能如此被广大庶民接受？这样不顾一切把身体喂给饿虎吃，是不是曾经使看的人大彻大悟了什么呢？

我不知道。

我用小楷练字，抄了《金光明经》这一段《舍身品》。心想，只要对生命还有一点眷恋贪爱，是很难理解萨埵那的故事的吧。

而那古老恒河流域厌世至深的民族，竟留下了这样耸人听闻的传说，使人在富裕安乐中，忽然惴惴不安起来了。

我能够理解的还只是波那罗和提婆，而不是萨埵那，他舍身时的喜悦安静，竟是可能做到的吗？

CHIANG HSUN

LEGEND

傳說

昔者庄周梦为胡蝶，栩栩然胡蝶也，自喻适志与，不知周也。俄然觉，则蘧蘧然周也。不知周之梦为胡蝶与，胡蝶之梦为周与？周与胡蝶，则必有分矣。此之谓物化。

——《庄子·齐物论》

庄子与蝴蝶

那个时代，美丽是有罪的。

那个时代，美丽是有罪的。

凡被认为具有"美"的动机或目的的行为，都算触犯了刑法。

法律的条文订得极其细密，刑罚的方式也很多。因此，弄到最后，大部分的民众只能努力记住刑罚的条文，譬如"头发故意弯曲造成美感者，受笞刑五十"之类。（有关"头发美"而受罚的判例竟多达四千七百一十五种，受罚的方式也都因罪之轻重完全不同。）这样细密的条文，自然要耗尽人们的力量，大家在努力记住这繁复到惊人的"美的禁令"之时，早已精疲力竭，也没有人再有任何余裕去追问"为什么美是有罪的？"这样立法的主要核心问题了。

大约，法律越繁复，条文越细密，越使人只能努力奉行，对于最初订定法律的动机与目的，都无从查证思考了。

庄子走过城门口的时候，正看到一次对蝴蝶的处刑。

蝴蝶的美是大家都有目共睹的，那在空中成日招展炫耀的翅翼，色彩缤纷，穿梭飞动于花丛之间，在一个"美丽"有罪的时代，自然难逃刑罚的厄运。

有关蝴蝶的判决是众多判例中较简易的一种，因为蝴蝶的"美"已成为众所周知的事实，在"共识"的基础上，检察官省却了许多寻找犯罪动机与犯罪事实的复杂过程。在判决时，经过民众的叫嚣，"众口铄金"，蝴蝶的罪名也就成立了。但是，大法官为了维持法庭的尊严，还是照例起立，站在高高的台上，三次宣读刑罚的方式，三次接受民众一致的喝彩，使整个判决理性而合法。

蝴蝶的美因为有民众共识的基础，除了作为"美"的惩罚的个例之外，也有杀一儆百的训诫的作用，因此，在处刑上也特别的重。

蝴蝶的美是处以"针刑"的。

有人说，针刑来源于植物学家们的做标本，是一种固定蝴蝶尸体的方法。

但是也有人认为针刑的由来已久，自有人类以来，自人类使用针这种工具以来，便常有蝴蝶被针穿刺钉在墙上。

头脑精明的人甚至发现，最初人类把蝴蝶用针钉在墙上，正来源于对一种"美"的复杂心情，爱之恨之，便形成了一种处刑的方式。

但是，这一部分，在思想上已触犯了"美"的禁忌。脑中存在对"美"的幻想，很可能被处以"剜脑"的酷刑。那头脑精明的人便也只敢私下想一想，至于在蝴蝶的审判会上，还是要跟着众人一起吆喝"蝴蝶死""蝴蝶死"的。而且，可能是为了抵抗脑中那存留着的对"美"的恐惧，便要越发叫得比别人声音更大，结果竟被认为是忠贞的"反美丽派"的基本教义信仰者了。

总之，蝴蝶的被处以针刑是确定的了。

用一根细长的银针，准确地穿刺过蝴蝶的心脏，钉死在一张与城墙同高的木制宣示板上。

据说，蝴蝶的心脏极小，因此，这处刑的工作并不容易。首先必须使银针的针尖确实小过蝴蝶的心脏，以免伤害到心脏以外的部分，使执刑的结果违反判决书上注明的细节。在那个一切要求理性的时代，包括犯罪者在内，对执刑的方法是否与判决书中规定的相合，都有认真的要求。执刑的不准确常常引起犯罪者家属缠讼多年的控告，使执法者不得不小心翼翼。

因为对"美"的处刑，连带发展出了精密的法律观念，理性的态度；连带使医学研究有了空前的进步，这些，都算是在"美丽"的惩罚下一种明显的对人类文明的贡献吧。

至于蝴蝶心脏的学术论述，以前在医学界，是从来没有被提出讨论的；现在却成为热门的话题了。不但在医学界，凡是较进步的知识分子，在公众的场合，也都以讨论蝴蝶的心脏为一种先进的表示。

蝴蝶心脏的准确位置也在医学上做了精密的研究，使银针穿刺时不致偏差，误伤了其他部位。

庄子经过城门口时，看到数以万计的蝴蝶被钉在板上，各种种属不同的大小蝴蝶，各种不同的色彩与斑纹的蝴蝶，有的处刑多日，已成僵硬的尸体，有的刚处刑不久，犹缓慢扇动那美丽的翅翼，仿佛要带着那刺穿心脏的银针，努力飞去不可知的世界。

"每一粒心脏上都穿刺着一根银针。"庄子歪着头想。他的头发为了不触犯美的刑法，剪成极短而丑陋的样子，脸上也枯瘦不见神采。年轻时美丽过的庄子，站在一大堆标榜着丑陋的民众中，竟也可以不被分别出来了。而他面前那一大片灿烂耀目的蝴蝶，已死和濒死的尸体，却真是美丽到使人心痛啊。

庄子在那一刹那仿佛梦到了自己缓缓地飞起，带着一根细长的穿刺过心脏的银针，伸展着华丽的翅翼，越飞越远了。

有人说，庄子在那一刻幻化成了蝴蝶，飞升而去。

也有人反对，说事实完全相反。是一只被银针穿刺过心脏的黄裳凤蝶，在濒死的一刻，正缓缓扇动翅翼，准备告别这因美丽而招致祸害的尸体，却正好瞥见了庄子眼角一颗如珍珠般闪烁的泪珠。也许因为角度的关系吧，阳光反射着那颗晶莹的眼泪，竟闪耀如明镜。那原来已经晦暗了的黄裳凤蝶的心灵，一刹那间，便似得了新的生命。

它努力展开翅翼，鼓动四方的风，把庄子泪水中闪耀的光辉散成细细的雨丝般的光环。那巨大的宣示板上成千上万的蝴蝶，已死的、未死的，便立刻感受了那泪光的刺激，纷纷展动了它们美丽的翅翼，翩翩飞舞起来了。

"原来眼泪中是有生命的。"人们秘密这样传说。

但是因为眼泪长久以来已被认为是与"美"有关的事物，会被处以缝合泪腺的刑罚，因此人们不敢声张罢了。

至于庄子的眼泪，在一刹那间，使万千蝴蝶得以新生的传说，已严重触犯了戒令，人们惧怕刑罚，也就湮没不传了。

因为许多不可解的禁忌，庄子和蝴蝶的故事便被弄得无头无尾。有人说是庄子幻化成了蝴蝶，也有人以为是那巨大的黄裳凤蝶在庄子泪光中重得了生命，与庄子合而为一，栩栩然负载庄子而去。

究竟是庄周之化为蝶？蝶之化为庄周？两千年来，众说纷纭，已没有可能知道事实的真相了。

只是，有关美的刑罚的时代却还在继续。

孔雀被拔去它们的尾羽，戴胜鸟被剪除它们美丽的头冠，昙花在开放时必须被处以黥刑（以黑墨涂抹）之类，都还是执法者们煞费苦心，为了维持社会道德，不得不对美的耽溺、颓废、败德所设的防备。

在比较进步的时代，为了更细密地界分"美"与"实用"的界限，曾经有过法律界、生物学界学者长期的讨论。例如，在蜻蜓的翅翼是属于"美"或"实用"这一主题上，就累积了四百九十七页的文件报告。

原来一种叫作"逗娘"的蜻蜓，有近似孔雀石般宝蓝的色彩与光泽。这显然违反了美的禁令。因此，有过一阵大量对"逗娘"的捕杀，施以"扯裂"的刑罚。硬生生把"逗娘"的两只翅翼从肢体上扯裂开来。

这种刑罚的惨酷，使执法者也害怕起来。因为两胁受伤的"逗娘"失去了飞行的能力，在刑场上堆积如山。它们破损的肢体又招来了蚂蚁、蜘蛛的蔓延，使整个司法机构混乱肮脏不堪。

经过学者们冷静而科学的研究协调之后，对于"逗娘"的翅翼做了精密的研究。把长度约在六至八毫米的翅翼，定出了三分之一点八为实用的功能，是和飞行有关的。至于那多余的部分，概属"美"的范围，有引诱犯罪的作用，一律除去。除去的方法也较原先的"扯裂"要进步许多。除了有精密的尺做度量的标准之外，也发明了一种叫作"绞剪"的刑具，可以很快速地剪去"逗娘"们属于"美"的部分。

此外，被处刑的"逗娘"使用短翅努力飞在不高的水面，而它们的名字，也因为触犯了"美"的禁令，把"逗"改为"豆"，一律叫作"豆娘"，以示朴质。沿用至今，在生物昆虫的书籍上还写作"豆娘"。

一直到最近的三十年，美的戒令还是十分严厉的。有关人类头发触犯美感的刑罚也与日俱增，只是处罚的方式都和"豆娘"的判例一般，日趋理性化、科学化罢了。

我新近认识的一位朋友，秘密地做着一种研究，有惊人的发现。原来蝴蝶在成虫以前需要经过卵、幼虫、蛹，三个复杂的阶段。而蝴蝶的幼虫和蛹，是十分丑陋的形态，例如黄裳凤蝶的幼虫便一身黑褐，长满了可怕的肉刺，蠕动在有骨消、马缨丹一类的树枝上，使人浑身起鸡皮疙瘩。

　　这位朋友从古文字学上做研究，发现庄周的"周"字正是古代这种蝴蝶幼虫的称呼。

　　他的结论便是，庄子是一定要变成蝴蝶的。他（或它）在丑怪、蠕动的时刻，便背负着一颗美丽的蝴蝶的种子，一旦遇到泪水和阳光的催动，便一时伸展出翅翼，要高高飞翔起来了。

　　这位朋友发誓不发表这篇他一生最重要的论文。因为惧怕，他甚至先在自己的头颅上裹上了纱布，仿佛一个已被处刑的刑囚，兀自逃到深山里去居住了。

　　所以，注定保留在《齐物论》中关于庄子与蝴蝶的故事还是无头无尾的了。

CHIANG HSUN

LEGEND

傳
說

三个愿望

最终，我们还是从虚浮的「幻梦」醒来，重回平凡现实，只是，桌上多了一盘香肠而已。

这个传说是大家都熟悉的。小时候，夹在《拇指仙童》一类的童话里读过，是一对愚蠢夫妇贪心求取愿望的故事，有些片段觉得好笑，但是因为并没有特别奇曲耸动的情节，逐渐也就淡忘了。

不知道为什么，年岁渐长，这简单的童话却又被记起，仿佛有特别的意思，在心上萦绕。

原来的故事太简单，所以我想为读者补充一点背景资料——

应当是冬天极其寒冷的夜晚，在北欧偏僻而穷苦的一个村庄，一对以愚蠢出名的老夫妇隔着空无一物的桌子对坐着。

偏北的地区，一年有半年是冬天，太阳也怕冷，宁可绕远路走，绝不打这里经过。整个冬天几乎不见天日，一片混沌的黑雾，路上泥泞夹着未融的冰雪，连矫捷的狐狸都滑了一跤，真的是寸步难行。

大部分的人躲在屋子里，屋外北风呼呼地吹。

除了冒雪到外面猎取食物和砍收柴火的人之外，光秃秃的大地上看不见一点人的踪迹。

几乎长达半年的冬天，使这一带的农作物生长十分困难，只有萝卜一类块根的作物可以收成。居民长期陷在穷苦困顿的饥饿状态，稍稍有能力的人家拼死拼活，想尽办法都要迁离这地区，往南方较温暖的地方求生活去了。

这一对老夫妇，年轻的时候，也曾经做过同样的"到南方去"的梦——

"种子早上撒下去，中午回来兜一转，下午再去看，已经发了芽，就要开花了。玉米和麦子囤积了好几仓库，连拉车的骡马都吃白净净的麦子和玉米面呢！见过这样幸福的日子吗？"

妇人时常握着双手，像祈祷一样，叙述有关梦里的南方的种种——

"一天有十六个小时都是阳光，这是不用说的啦；面包上涂的黄油和蜜足足有城墙那么厚——"妇人咂了一下嘴唇，那甜蜜芳香的滋味连想象中都那么美好。

"想象一下都这么美好——"她摇头叹息了。

她搓着因为长期劳苦工作结着大茧的双手，那变形的骨骼，已经和一个重劳动的男子没有什么差别。她不能想象传说中南方人用乳香擦拭女子皮肤的景象，她有点羞怯地歪着眉眼想象，便咯吱咯吱笑了起来。

至于她的丈夫，是标准北方的农夫。憨傻老实，有点呆气，工作起来像一头牛，从不知什么叫作劳累辛苦。他朴实简单的头脑，也从不知道什么叫作幻想，贫穷让他百分之百务实，连做梦也仅止于母鸭怀孕多生了一个蛋之类。

他对妻子停下工作，咯吱咯吱的笑声有很大的反感，但是，他不敢喝止她，他惧怕妻子。

大半由于妻子近于魔幻的想象世界，他完全无法理解。那些夸大、荒诞的幸福，像符咒一样。而那每一日以这夸大、荒诞的符咒咯吱咯吱取乐的妻子，也更像一个神秘的巫师，使他敬畏害怕。

在这村庄里，他是唯一不殴打妻子的男人。他的体格魁梧，粗壮如牛，骨骼可比教堂粗壮的石梁。他的拳头巨大结实，可以一捶砸碎妇人小小的头骨。可是，他从没有动过这个念头。

他对妇人咯吱咯吱的笑声，起初还嗫嚅地嘀咕过，经过妇人夸大的呼天抢地，嚎叫加上咒骂，他就再也不敢发一声了。他知道，那女人小小的头骨里有远比他巨大的躯体更具威力的东西。

这妇人因为丈夫的懦弱，越发得意猖狂。而在更年期之后，由于生理上的老态，加上数十年的幻想，没有丝毫实现的可能，村落中一家一家带着骡马往南方去，连最没出息的蠢蛋约翰也迁走了，这妇人的幻想最终变成了对丈夫的怨怒。丈夫的不发一言，丈夫的任劳任怨，丈夫对她百般的忍从，也都似乎成她美丽幻梦的讽刺了。

她在进入老年之后，便把那不可能实现的幻梦的能力，转变成对这男子的仇恨与诅咒。她恶毒地刺戟丈夫，她每一日仍重复着南方的美丽，黄油和蜜仍然如城墙一般厚，太阳一天仍有十六个小时出现，只是，这美丽的幻想中掺杂了不能实现的悲哀，变成了愈来愈强烈的对丈夫的痛恨、怨毒和悔恨。

"啊，南方——"她抚摸着脸上粗老如树皮的皱纹，看到劳苦一日却无所得的丈夫进来——他也是驼背的老人了，步履艰难，放下沉重的农具。骡马早已吃尽，他必须自己套上轭去耕田了。

妇人一见到丈夫进来便机械性地开始了她的唠叨——那混杂着梦的美丽与生活的怨苦的日复一日的哀歌。

男子也早已习惯，妻子的声音如同屋外的北风呼啸，久了，似乎是听不见的。他抖落一身的雪花，他照例用呆滞浊黄的眼睛看妇人一眼，仿佛没有带食物回来，也有很多抱歉。

"屋子里实在太冷了。" 他这样想。风从窗门的隙缝灌进来，像刀子一样，锐利地切割人的皮肤，但是，这破陋的屋子为了漫长的冬天，已有多处的窗框、门板拆下来生火取暖用了，他实在也找不到任何一点木柴生火。

"可以吃的东西都连根挖光了，野兽连踪迹都不见了，村里的人已开始商谈如何吃土里过冬的蛹了，再这样下去，大家非饿死不可。"他忧虑地这样想。雪花有些融化了。沾在他蓬松的头发胡须上，又结成了一条长长的冰柱，闪闪发亮。

"十六个小时都是阳光，涂的黄油和蜜像城墙一样厚，你见过这样的地方吗？是什么鬼，使你脚钉在这地狱一样的地方，待了一辈子。"

因为饥饿，那妇人的声音变得尖细锐利近于哭泣一般。

她的手和脚，因为寒冷与饥饿，早已冻僵麻木了。更可怕的是，那麻木的感觉一直往上臂和膝盖蔓延。她恐惧极了，便越发用尖锐快速的声音滔滔不绝地说着南方的种种，好像试图用这美丽的幻想抵抗身上饥饿与寒冷的侵蚀。

那丈夫在屋中环绕一遍，实在找不出一点可以燃烧的木柴。唯一一双黄杨木刨的大木屐，是结婚时他亲手砍了树为妻子制作的，还上了桐油，闪闪发亮。他几次想到这是唯一取火的东西，却还是颓然放弃了。

他颓丧地坐到妇人的对面。桌上空无一物，他还是用那呆滞浊黄的眼神巡扫一遍，似乎以为可以因为更专注，从而发现遗漏的一点食物。他已一个星期没有吃任何东西，饥饿使他头眼发昏，而那妇人喃喃不绝对南方的叙述，那十六小时的温暖阳光，那涂得如城墙厚的黄油与蜜，都似乎第一次使他觉得是真的，就在目前。

"说吧，说吧，黄油、蜜、面包、阳光，连骡马都吃麦子——"他在心里这样大声呼喊，他要抵抗那胃和肠子剧烈的绞痛。

那妇人也已感觉寒冷渐渐逼近胸部，她的呼吸被压迫着，那麻木的感觉已经四面八方向她的心脏包围，她喃喃的语言愈来愈不清楚了，但是她不敢停止，那声音变成一种奇怪的夹杂着哭泣的嘤嘤。

"圣母玛利亚，我主，我主，耶稣基利斯督——"

她握着的两手已分不开，固定在一个祈祷的姿势被冻僵了。她眼中流出了泪，死亡的恐惧使她第一次觉得如此接近神，她不断呼叫天使的名字。

"啊——"

突然，她觉得一种巨大的昏眩，仿佛被雷电击中，眼前一片金黄的闪光，有细碎叮当的声音自四周响起。

一个有着长长翅翼的天使端端正正站立在她的面前。

是天使吗？

以后许多相信科学的人们考证，认为那只是这个贫苦老妇人在饥饿寒冷交迫下的一种幻象。

"——当人的生理饥饿到一定程度，血压下降，脑部严重失血，影响视神经，瞳孔放大，便会出现各种因昏眩而起的幻象。

"而所谓'圣乐'，便是寒冷引起耳膜收缩造成的听觉异象。各位，这些'神话'是可以——经由现代的科学来解释的——"

一位医学界的权威人士做过这样的报告，使这个流传颇广的传说似乎有了水落石出的结论。

但是，如果相信这种医学的证明，这传说下面一部分最重要的发展便完全不能成立了。

我想我还是把故事讲完吧。

那天使开口说话了：

"妇人，妇人，你的祈祷已蒙上主眷顾。你们可以发三次愿望，你们欲求之物，必获实现。"

据说，天使原来的词句是更典雅优美的，"完全像《圣经》里的雅歌。"妇人说。可惜因为这妇人完全没有读过书，不通文理，遗漏了文雅修辞的讲究，使天使的语言也变得粗鄙了，这一点是许多神学家们十分不悦的。

总之，重点是这对一无所有的老夫妇，在贫寒交迫的关口，忽然蒙上天眷顾，赐给了他们三个愿望。

"三个愿望。"妇人眼中犹噙着泪水，向那天使消逝的地方不断揖拜磕头，她竟然手脚都温暖起来了。

"耶稣，基利斯督，我主，感谢主，尔免我债，如我亦免负我债者；因父，及子，及圣神之名……阿门。"

她把可以记得的赞美主的句子都喃喃念了一遍。她陷在一种新的狂乱中，手脚恢复了动作，从椅上跳下，在屋中四处行走呼叫着。

"三个愿望，三个愿望，啊，怎样用这三个愿望呢？"

她烦恼着，"到南方去吧，十六小时的日光，涂着像城墙厚的黄油与蜜的面包，——不，不，我可以愿望更好的东西，面包还太容易得到了，我要什么呢？"

她歪着头想了一下，那一绺一绺发臭的头发因为久未洗绦已结成饼一样，垂在她的额上。

"应该好好用这三个愿望。做国王吧，做王后吧，有上千的奴仆伺候着，有吃不完的山珍海味，要一千只乳猪。（为什么还要吃面包呢？）"她向那呆呆的丈夫咆哮着："你的运气来了，知道吗？傻蛋，腓力大王有红宝石的头冠也可以戴在你那猪猡一样的头上了，你赶快谢谢神吧！至于我，啊！我要用乳香细细地擦我的身体……"

她咯吱咯吱笑了起来。

她的歇斯底里使老头子十分害怕。老头子觉得这天使赐予的三个愿望再现实不过，他已经饿得要死，他立刻要有东西吃，他便用毕生最大的力气向空中叫道：

"天使，给我一盘热腾腾的香肠吧！"

他的话刚讲完，桌上"哇"地一下便出现了一盘香肠，是北欧式加了蒜泥和茴香草的一种，还真的冒着热腾腾的油气呢。

老头子呆住了。

许多理性的学者判断这时老人已近于"脑死"的阶段，所以可以看到一切自己愿望的东西。

但是神话的发展是如此的——

老妇人大怒了。她从那歇斯底里的陶醉中醒来，看到这呆笨愚蠢的丈夫好好糟蹋了一个可贵的愿望，怒不可抑，便大声吼骂着最恶毒的字眼：

"你这该杀的大蠢驴，你这没有出息的小甲虫，你好端端浪费了一个天使的愿望，（天使啊，原谅我们！）你见鬼了，要什么该死的臭肠子……"

老头子呆呆看着香肠，那美丽的热气飞来飞去，他真想立刻咬一口。

"你给我住手，"老妇人气极了，她大声叫道：

"我要这些肠子立刻长到你的鼻子上去！"

妇人无意间许了天使赐给她的第二个愿望。

说时迟，那时快，愿望即刻实现，那些热气腾腾的香肠，便像服从性极高的兵丁，一根接一根飞起来，牢牢地生长到老头子的鼻子上去了。

盘子空了，老头子觉得鼻子上传染了一股油香和热气。他低垂眼皮看，发现几根美丽的香肠垂吊在自己的鼻子上，可望而不可即。

他试试伸出舌头，还是舐不着。香肠就在几公分的距离，富于弹性地摇动着，可是吃不到，他有一点懊恼。

"啊——"妇人捂着嘴大哭了。

她哭泣的原因复杂极了，心理学家也曾研究过，但是太学术了，没有涉及重点。

她哭泣的原因大半是因为她立刻意识到自己无故又损失了一个宝贵的天使的愿望吧。

"我可以用它要一座用金币镶成的宫殿呢！"她这样想，"可是多么愚蠢，我只用它在这该杀的大蠢驴鼻子上长了几根香肠。"

更使她悲哀的是，那丈夫鼻子上垂吊着一串香肠的样子委实太可怕了，如果给邻居们看见将要如何议论自己呢。

她不断哭泣，怨怪命运，怨怪这该杀的大蠢驴一般的丈夫。

"这个老不死的东西——"她一面哭泣，一面咒骂着，她决定丢下他不管。

"你给我带着那他妈的香肠到地狱去吧！"她说。

她在屋中转了一圈，准备离家出走，但是，他们事实上早已没有什么家私了，找来找去，最后可以带走的似乎只有那双黄杨木刨成的大木屐。

她把木屐提在手上，又开始哭泣了。

那老头子犹呆呆站在那里，伸长了舌头想试试看能不能吃到香肠。他用了各种方法，甚至努力把下巴缩到颈窝，试图缩短香肠与嘴的距离，但是，不知为什么，这加了蒜泥与茴香的香肠，弹性特别好，他每一种动作，都会使香肠保持与嘴部舌头等距离的平衡。

"只差一公分呢。"他这样想。

妇人提着木屐，看到自己丈夫丑陋贪馋的样子，心里愈来愈害怕，这样鼻子上长着一串香肠的男人，如何见人呢？如果别人还记得我是他的妻子——

"啊——"她又哭泣起来，手上黄杨木的木屐仿佛那么沉重，使她精疲力竭。

"可是，可是，我只剩最后一个愿望了。"她不甘心地说。

据说，她在悔恨交加的心情下，大声号啕，觉得一生都完了，便向那可恶的丈夫掷出了那一双大木屐，并且用极其凄厉的声音叫吼道：

"你他妈的香肠，都回到盘子中去吧！"

那些香肠，真的——瓜熟蒂落似的回到了盘中。

老头子摸了一摸鼻子，觉得有一点遗憾，鼻端仿佛还记忆着热腾腾的肉香。

而那妇人发现已经用完了自己最后一个愿望，空虚怅惘，又开始她日复一日的怨悔与哭泣了。

小时候总是有很多"愿望"，慢慢长大了，知道"愿望"十分可怕，乱许"愿望"常常后果不可收拾。

也许，这个悲哀又可笑的传说故事，适合天寒地冻的贫穷村落，流传在饥饿的农民口中，充满不切实际的梦想，又有梦想落空的悲哀。

"三个愿望"，应该在穷乡僻壤的地带流传，文学青年或许会觉得层次太低吧。

我却很爱这传说故事，好像告诉我，无论我如何使用"愿望"，对现实充满浪漫梦想，我的结局，其实不会与这妇人有太大的不同。

最终，我们还是从虚浮的"幻梦"醒来，重回平凡现实，只是，桌上多了一盘香肠而已。

CHIANG HSUN

LEGEND

傳說

褒姒不好笑，幽王欲其笑万方，故不笑。幽王为烽燧大鼓，有寇至则举烽火。诸侯悉至，至而无寇，褒姒乃大笑。

——《史记·周本纪》

褒姒病了

把帝国舍弃而去
背负起历史昏君的罪名
美丽的毁灭
春夏繁华之后
便是严寒雨雪

整个镐京最好的乐师都请遍了，她还是忧郁地蜷缩在一角。

褒姒生病了。

全京城都惊慌地传诵着这个消息。

大家对褒姒上一次的生病都还记忆犹新。

"褒姒生病了！"

连那在渭河上捞鱼为生的老七也带回来了京城的消息。

大伙"哗"地一下哄笑起来。

老七几年前在京城看过褒姒一眼。褒姒坐在幽王的车辇上，才一瞥见，老七就给军士赶开了。

但是，老七像中了邪。他好不容易捞上一条鲤鱼，带到城里去卖，不想看了褒姒一眼，给军士一吆喝，打了一耳光，鱼也不知什么时候掉失了。

"钻进土里去了！"一个小乞丐指着地说。

老七就趴下去在地上刨了一个坑。

但是，鱼还是不见了。

要是平常，他一定要懊恼得抓起一个人狠狠揍一顿。那一条鲤鱼，巨口细鳞，可以值一缸酒，一石麦子呢！

老七咂咂嘴，"但是，"他想，"但是，看到了褒姒呢！"

这河上河下，谁看见过褒姒呢？

他有点得意，一路急慌慌跑回家，沿着渭河岸吆喝说："我看见褒姒了！"

渭水的浪，一到春末，夹雪夹雨，哗哗汩汩，像一个沸腾的大水锅。

许多人从河岸上牵着陶罐跑来。许多人搁下了正在缠结的网坠跑来。许多人从江心把船划拢了岸。他们不知道这傻大个老七发生了什么事。

"我看见褒姒了！"

老七气喘吁吁地说。

他静了一下，沉住气，等待大伙的反应。

"哗！"大伙哄笑闹作了一团。

老姜是一个年逾八十的船夫，一手烂泥，正在牵他的船呢，没好气，抹了老七一脸泥。

大家一哄而散，留下老七一个人。

渭水汩汩，夹着上游的雨雪。

渭水流进了镐京，绕着城转了一圈，灌溉了许多梨花、桃花，溶溶汤汤，流进了皇宫。

褒姒坐在花前，春末的花开得缤纷如霞彩。

梨花白里带淡淡的青。薄到有一点透明，细细的雨丝好像花的泪光，给一点点翠绿的花蒂托着。一树一树，一面开一面四面飘散。

桃花热闹极了，像一树深红浅红的血点。

"褒姒！"

幽王进来的时候，看到那一片桃林、梨树，四散飞扬的花瓣。而褒姒坐着，一动也不动，他怕这美丽的女人又要病了。

"还记得你上次的病吗？"幽王卸了屦，也盘膝坐在一块石上。

褒姒上次的病来得怪极了。她无端端站在水边，看着水，水中的流云，一刹那一刹那移转，她便呆住了，不肯走。

侍仆们急坏了。

幽王急急赶来——

"褒姒，你怎么了？"

这个天下人都宠眷的女子，这美丽到使人心痛的女子，呀，她为何这样忧愁呢？

幽王急忙中，要靠近褒姒，一不小心，袍袖给树枝挂住，"嘶"的一声，袍襟裂开了。

褒姒回过头，细听了一下，水里不断流去的是这锦绣上的流云吗？

她笑了。

河水一阵晃漾，幽王呆住了，他从没有看过这样的笑容。

那是可以使人死亡的笑容啊！

"据说，以后幽王爷就买了成千上万最好的蜀锦，每天让宫人们撕给褒姒听，一匹一匹上好的锦绣呢，像春天的晚霞一样，摊在褒姒面前，摊得一地都是，褒姒就坐在锦绣中间，听人撕锦，她就笑了。宫里都是撕锦缎和褒姒的笑声——"

老七说故事的本领并不好，河滩上的人有点厌恶他把褒姒的病翻来覆去地讲。

"褒姒确实是病了，可是撕锦的事可没听过。"

老姜是实事求是派，不喜欢老七的夸张，便抗议了。

天上有大雁飞过，河滩上的人常常用大雁的往南飞或往北飞来判断春天和秋天的来临。

呀呀叫着的大雁一字排开，往南而去。

一直到雁迹都不见了，褒姒还站在满地落叶的庭院中。

宫里有一点耸动。有人说是幽王怕褒姒受寒，从骊山那边引了温泉来。用粗大的麻竹，外面一层一层裹了稻草，翻山越岭，就在宫殿的北隅，建筑了新的石池。泉水已经引到，冒着腾腾的热气。但是，有几处麻竹管接缝不严，夹进了泥水，水质有点黄浊，幽王为此发怒，正在补救工程。

有人说，这耸动还是因为与犬戎的战争。

空中有一点淡淡飘来的硫黄的气味。

秋后的寒林，露着秃枝，在不知是山岚还是磺气的淡烟里流动。

"听说在新泉宫殿四周种满了香花呢！有栀子、兰、蕙、桂花，有杜衡、茑萝、菟丝，有含笑、芙蓉……"

婢女们纷纷来传报新泉宫殿的铺张华丽。

"可是西边的战事呢？"

褒姒不知为什么想起西边犬戎的战争，听说杀人盈野，遍地都是衔着人头的野狼。

"犬戎的孩子在马上执长戈冲进城来，连孩子们都一翻就上马背，好像是一个人头马身的怪物呢，他们连鞍鞯都不用，也不用笼络，光秃秃一个马背，一翻就上去了——"

老姜磕了一磕他的烟管，谈起他亲身经历的一次犬戎大战，他总是兴味不浅。

"可是褒姒生病了呢——"

老七几次想把话题抢回来，都给老姜偏执的白眼给堵回去了。

老七毕竟只看了褒姒一眼，甚至连一眼都说不上，应当说是"一瞥"。就那么一恍惚，在幽王车辇的旁边，车辇上的帘幕给春天的风吹开了一缝，正巧看到了褒姒，像一尊出巡的神像，端端坐着。

几年来，老七能反复说的也只是那"一瞥"的种种。但是，老姜的犬戎是有情节、有动作的故事。老姜讲着讲着，口沫横飞，半蹲着如骑马，嗒嗒嗒，往前冲去。一个筋斗，翻过来，左臂勒住马鬃，右臂变作一把长刀，往犬戎的头上一劈，"豁"，连头带身，劈成了两半，"一半往前走了几步，一半还留在原地——"

"哪有这种杀法的！"

老七也找到了破绽，立刻攻击起老姜。

"怎么没有！"老姜红着脸辩驳，"硬是身子给劈成了两半，一半倒下，另一半拿着刀还往前冲。我亲眼看见的，你个傻蛋，你不相信，你试试——"

老七和老姜便在河滩上作势追杀起来。一大群小孩跟着起哄，女人手执窑门的木闩板追打孩子。远看仿佛一队军士，热热闹闹上阵杀敌去了。

但是，褒姒病了。

城里最好的乐师都请遍了。七弦琴，二十五弦的瑟，风动竹里篁制成的笛，铜矿回应地震发出巨响的钟，石玉的精魂碾磨成的磬，一一都试了。然而，褒姒一日一日病下去。她看着林木中幽荡的烟云，天上飞去远逝的大雁，那一匹一匹撕碎的锦绣，锦绣上碎裂的云霞，她不进饮食，不睡眠，只是发呆——

"大王，边事紧急啊！"

朝臣们一次一次上奏。

幽王守在褒姒身边，她连新泉宫殿也不愿意去看一看。

"褒姒——"

幽王一次一次呼唤这名字，他想一遍一遍把她唤回来。辽阔的帝国的疆域，有什么比这美丽女子的心更难唤回的呢？他颓然了。

把帝国舍弃而去

背负起历史昏君的罪名

美丽的毁灭

春夏繁华之后

便是严寒雨雪

那城脚瞎子唱的歌，被诤臣们采录了，在大殿上唱给他听，他怎么会不懂呢！

"历史上可曾也有过一个人，觉得褒姒生病是和犬戎的战事同等重要的？"

幽王胡思乱想了，他有长而入鬓的眉眼，仍然年轻的如漆的黑发。

他的形貌一般被误解了。其实他并不粗暴，也许是所有帝王中最不粗暴的一个吧。

他记得刚认识褒姒的时候，褒姒喜欢听瓷器碎裂的声音。她跟他说，静下来，听，那是土经过火的锻炼以后近于玉石的声音，可是它们碎裂开来了，是那坚如玉石的身体又想回复成为土。

——褒姒拾回了许多为人丢弃的瓷片。把耳朵附在那断裂的土痕上，听着听着。她要幽王一起听。那些土的分子在聚散离合，那些土的分子，被水凝聚，用火的高温固定了，然后，它们又被震摔的巨力断裂开；它们曾经牢牢拥抱紧挤在一起，却还是分离散乱了，它们分离时有叫声……

"褒姒！"
幽王轻轻呼唤着。
"江山与美丽，我都守护不住。"

宫殿里堆满了碎裂的瓷片和撕开的锦缎。
那布帛撕裂的一声，好像天地初始，混沌中有了光。

那土器碎开，原是大地震动啊！

褒姒，我们是历史上最坏的男女。

我们听丝绸的哭泣，

我们听瓷片号啕；

我们要烽火的光焰，

只为了赞颂女子的美丽；

褒姒，你答应我，

让我燃起烽火，

我要向世人传警布告：

褒姒病了！

那烽火连接着燃起，军士们从四处涌来，戈矛刀戟都十分整齐。周帝国戒备严密，将士们皑甲庄严，镐京城在一夜间聚集了最好的虎贲之军。

告急的烽火，使远在雁门一带的边将都看到了。他们用快马传送玉符。一个驿站接一个驿站，驿使们鞭断了坚韧的皮革，马疲累而死，倒在沟壑中。

老七坐在河边，用锋利的菜刀削刮一支长矛。他不知道为什么，从睡梦中惊醒，看到满天火光，镐京城都在赤焰中。

他抓起一支白杨木，努力削刮着。他心里焦急，甚至满面泪水，一路沿着河滩呼叫："烽火，烽火，满天都是烽火。"

镐京城照得如同白昼，将士待命。

幽王与褒姒坐在宫阙的高观上，白衣素服。

幽王站在城头，看连绵不断的烽火与还在陆续到达的各地的军士。

他用牛血衅了鼓，然后用力击打。咚咚的鼓声使黑压压一片人众都安静了下去。

而后，他流着泪，大声宣告：

"褒姒病了！"

老七刚刚提着白杨木的长矛赶到。从众人的缝隙中拼命往前挤着，恰巧听到幽王的宣告。

他一吓，愣住了，长矛从手中掉下地。

老七忽然坐地大哭起来。

那哭声与烽火，一夜不停，排列整齐的周帝国全部的军士都肃敬站立。

据说，那一夜，所有镐京城的瓷器都碎裂成片，所有的丝绸锦缎也都无故从头撕成了两半。

这是周帝国灭亡前一个小小的故事。

主流的史学研究都把幽王定义为"暴君"，褒姒却被定义为"祸水"。

数千年下来，主流的观点从来没有人怀疑。

传说里的老七因此十分重要，因为只有他，真正看到了褒姒。

褒姒坐在车辇中，风微微吹开帘幔，帝国繁华像一个春天的花季。

只有幽王和老七惦记着，除了战争，历史还有大事：褒姒病了……

CHIANG HSUN

LEGEND

傳說

屈原至于江滨，被发行吟泽畔，颜色憔悴，形容枯槁。渔父见而问之曰："子非三闾大夫欤？何故而至此？"屈原曰："举世皆浊而我独清，众人皆醉而我独醒，是以见放。"渔父曰："夫圣人者，不凝滞于物，而能与世推移。举世皆浊，何不随其流而扬其波？众人皆醉，何不哺其糟而啜其醨？何故怀瑾握瑜，而自令见放为？"屈原曰："吾闻之，新沐者必弹冠，新浴者必振衣。人又谁能以身之察察，受物之汶汶者乎？宁赴常流而葬乎江鱼腹中耳。又安能以皓皓之白，而蒙世之温蠖乎？"乃作《怀沙》之赋。于是怀石，遂自投汨罗以死。

——《史记·屈原列传》

关于屈原的最后一天

静静的汨罗江，流着金黄灿亮的日光。静静的，好像所有的生命都已经死灭了。

　　渔父从屋中出来，用手掌做遮檐，挡住了强烈的阳光，四下张望了一遍。

　　这是多年来难得一见的酷热的夏天。还只是初夏，太阳整日照着，除了靠近河滩附近还有一点绿，山上的树木丛草全都枯死了。

　　静静的汨罗江，流着金黄灿亮的日光。

　　静静的，好像所有的生命都已经死灭了。

　　渔父侧耳听了一下，混沌中好像有一种持续的高音，但是分辨不出是什么。

　　他看了一会儿靠在岸边的竹筏，铺晒在河滩石头地上的渔网，一支竹篙，端端插在浅水处。

他在屋角阴影里坐下，打开了葫芦，喝了一回酒，坐着，便睡着了。

他的年岁不十分看得出来。头发胡须全白了，毛蓬蓬一片，使他的脸看起来特别小，小小的五官，缩皱成一堆。在毛蓬蓬的白色须发中，闪烁着转动的眼睛，嗫嚅的嘴唇，一个似有似无的鼻子，苍黄的脸色，脸色上散布褐黑的拇指般大小的斑点。

他在酣睡中，脸上有一种似笑的表情，间歇的鼾声吹动着细白如云絮的嘴须。嘴须上沾湿着流下的口涎。

他像一个婴孩，在天地合成的母胎里蛹眠着。

"或者说，像一个永远在蛹眠状态，不愿意孵化的婴孩呢！"屈原这样想。

楚顷襄王十五年五月五日。

屈原恰巧走到了湘阴县汨罗江边渔父的住处。

房子是河边的泥土混合了石块搭成的。泥土中掺杂了芦草，用板夹筑成土砖，垒筑成墙。

墙上开了窗，用木板做成窗牖。屋顶只有一根杉木的大梁，横向搭了条木的椽子，上面覆盖禾草。

土砖造的房子和渔父邋遢长相有一点近似，都是土黄灰白混混沌沌一堆，分不清楚头脸。

屈原走来，猛一看，还以为那渔父也是用泥土混合着河边石头堆成的一物。

直到他听到了鼾声——

传
说
LEGEND CHIANG HSUN

一四八

那鼾声是间歇的，好像来自一个虚空的深谷，悠长的吐气，像宇宙初始的风云，忽忽地，平缓而安静，一点也不着急。

山野林间无所不在的蝉则是高亢而激烈的，持续着不断的高音。

渔父从懵懂中昏昏醒来，他觉得那持续不断的高音吵噪极了，有一点生气，不知道这些虫子为什么要那样一点不肯放弃地叫啊叫的。

睡了一觉，下午的日光还是一样白。

他一身汗，湿津津的，恍惚梦中看到一个人。

一个瘦长的男人吧，奇怪得很，削削瘦瘦像一根枯掉的树，脸上露着石块一样的骨骼。眉毛是往上挑的，像一把剑，鬓角的发直往上梳，高高在脑顶绾了一个髻，最有趣的是他一头插满了各种的野花。

杜若香极了，被夏天的暑热蒸发，四野都是香味。这男子，怎么会在头上簪了一排的杜若呢？

渔父仔细嗅了一下，还不只杜若呢！这瘦削的男子，除了头发上插满了各种香花，连衣襟、衣裾都佩着花，有蘼芜，有芷草，有鲜血一样的杜鹃，有桃花，柳枝。渔父在这汨罗江边长大，各种花的气味都熟，桂花很淡，辛夷花是悠长的一种香气，好像秋天的江水……

"你一身都是花，做什么啊？"

渔父好像问了一句，糊里糊涂又睡着了。

空中还是高亢蝉声混合着模糊鼾声的间歇。

"在天地混沌的母胎中，他好像一个婴孩。"

屈原一早在江边摘了许多花，在水波中看了一会儿自己的容颜，这样瘦削枯槁，形容憔悴，一张脸被水波荡漾弄得支离破碎，在长河中流逝；一张满插着鲜花的男子的脸。

高余冠之岌岌兮，

长余珮之陆离，

制芰荷以为衣兮，

集芙蓉以为裳。

屈原歌唱了起来，手舞足蹈，许多花朵从发上、身上掉落下来。近江岸边的花被风吹入江中，在水面浮漂，鱼儿以为是饵，便"泼刺"前来捕食，平静的水面荡起一阵波浪。

渔父听过军士们的歌声，是秦将白起进攻楚国京城郢都时的歌，军士们手操刀戟戈矛，一列一列，雄壮威武，张大了口，歌声十分嘹亮。

郢都后来被秦兵破了，老百姓扶老携幼往南逃亡。渔父坐在山头上，看强盗们出没，劫夺老百姓的衣物。老百姓也彼此争吵，男人殴打女人，女人殴打孩子。因为长久的饥饿，他们把年幼的婴儿交换了来烹食。插了一根竹竿，架起捡来的柴火，把洗净的婴儿烤了吃掉，像烤一只乳猪一样。

渔父打开酒葫芦，呷了一口，他在想那火上流着油脂、皮肉焦黄的一个小小身躯，究竟是乳猪呢？还是婴孩？

举世皆醉，我独醒；

举世皆浊，我独清。

屈原又唱了一遍。

白花花的阳光，使一切影像看来都有一点浮泛，仿佛是梦中的事物，历历可数，可是伸手去捉，又都捉不住。

他头上身上的花飞在空中，花瓣并不向下坠落，而是四散向天上飞扬而去。

"乳猪烤好了吗？"

烹食婴儿的人们围在火光的四周，露出贪馋迫不及待的表情。

"郢都破了呢！一根骨头接一根骨头，足足排了有好几里长，当兵的都被活活坑杀了，一个坑一个，像萝卜一样，埋到颈部，喏，这里……"这人用手在颈部比画了一下，又说，

"埋到这里，呼吸也不能呼吸，所有的气都憋在头部，下不去。头被气鼓起来，变成一个紫胀的大球。喏，像一个大茄子。还要更紫，紫黑紫黑的。眼睛也凸出来了，然后大概五六个时辰，眼球就'啵'一声暴了出来。这人就完了。憋着的气，'咻——'长长地从口中吐出。"

渔父笑了一笑，他坐在山坡上，太阳极好，他看见吃完婴孩的百姓，满意地抹一抹嘴角的油渍，舔一舔手指，把火灰踏灭，便又

上路逃亡去了。

紧接着几天，是楚国阵亡的兵士们列队从山坡下过。他们还走去江边，在浅滩里洗他们的脖子。因为头已经被砍掉了，那脖子洗着洗着，便流出内脏的血来，流成长长殷红的一条，在江水里像一条美丽的红色的丝绸。

出不入兮，往不返，

平原忽兮，路超远；

带长剑兮，挟秦弓，

首身离兮，心不惩。

那花在空中散开，像战场上的血点，装饰着华丽的天地。屈原也追上去，跟那没有头的年轻男子说了一会儿话。他们对答着有关人死亡以后，好像出了家门回不来的感觉。一个没有头颅的年轻男子，便茫然地在平原大地上彷徨徘徊。走来走去，到处都是路，可是怎么走也走不回家啊！

据说，屈原是这一天死的。跳完了舞，唱完了歌，披头散发，一身凋败野花的三闾大夫，爬在江岸上，哭了又哭。哭得汨罗江都涨了潮，水漫向两边，连山坡的坡脚都被淹住了。

渔父一觉醒来，吓了一跳，他的酒葫芦漂在水面上，摇啊摇的，像一只船。

屈原的身体随水波流去，可是水势并没有停止，继续向两岸坡地淹漫。

渔父拾起葫芦，涉水走去竹筏。拔起了竹篙，一篙到底，竹筏便飞一样向江心划去。两岸青山，许多无头的男子向他笑。那刚刚被吃的婴孩，做出猪的姿势，在山坡上跑来跑去。

屈原的身体，被香花浮载着，像一个很会游泳的人的身体，一直在江浪的顶端浮沉。

屈原听到的最后一首歌是渔父沙哑的声音：

沧浪之水清兮，

可以濯我缨；

沧浪之水浊兮，

可以濯我足。

渔父的歌随着屈原的死亡在民间流传。此后每年五月五日，人们聚在江边野餐，吃包好的粽子，都会谈起传说里那一个爱花的男子的死亡，以及渔父最后唱给他听的歌。

歌词其实很简单，大致是说："江水清洁，我就来洗头发。江水浊污，我就洗洗脚。"

渔父应该是无意的，不知为什么以后的文人加注了许多牵强附会的隐喻。

CHIANG HSUN

LEGEND

傳說

庄子妻死，惠子吊之，庄子则方箕踞鼓盆而歌。惠子曰：「与人居，长子老身，死不哭亦足矣，

又鼓盆而歌，不亦甚乎！」

庄子曰：「不然。是其始死也，我独何能无概！然察其始，而本无生；非徒无生也，而本无形；非徒无形也，而本无气。杂乎芒芴之间，变而有气，气变而有形，形变而有生。今又变而之死。是相与为春秋冬夏四时行也。人且偃然寝于巨室，而我噭噭然随而哭之，自以为不通乎命，故止也。」

——《庄子·至乐》

大劈棺

庄子从睡梦中惊醒。他看见几道烁亮的闪光划空而过，在一弹指顷的闪光中，他看见山岳倾倒了，河里的水像一匹布一样飞扬起来，大地裂开了巨口，吞噬了几间房舍。

"霍"地一下，田氏从梦中坐起来，两眼发直，额上冒着冷汗。

她的眼睛是细长的丹凤眼。眼泡鼓鼓的，长而微微上挑的眼角，斜向两鬓。从眉心往下，小巧的鼻子，在鼻准的地方往内一收，汇成人中到唇角丰盈的弧度。

然而，今天这唇角露着凄怖的表情。

田氏愣坐了一会儿，回想了一下梦中的景象。

满月，瀑布一样的月华流泻在大地上。

这是一个荒凉的村落，原来繁荣富裕过，可是一次地震，毁坏了所有的房舍。

冷静的月光照着颓圮的城垣。

乌鸦栖息在枯树枝上。

田氏额头上抹了一把黑乌乌的锅灰，口中咬着一撮头发，右手高高举起亮晃晃的一把大钢刀，穿过荒凉如死的村落，径奔新修的丈夫的坟地而去。

奇怪，掩埋过的坟地，不知为什么被刨开了，一具看来犹新的棺木，坦然赤裸裸暴露着。

田氏咬一咬牙，举起大刀，心一横，一刀向棺木劈下去——

"怎么会做这样的梦呢？"田氏一身给冷汗湿透了，手中仿佛还拿着沉甸甸的一把钢刀。

田氏的丈夫是一个痴骏的男子，他姓庄，因为憨傻，到了四十岁，犹天真如孩子，被人愚弄，当开心的对象。

人们笑称他为"庄小子"，所到之处，多有孩子跟随嬉闹，叫着"庄小子""庄小子"，叫久了，便自然简化为"庄子"了。（这个"庄子"与梦见蝴蝶那一个庄子不是同一个人。）

庄子经营木材，从附近丘陵地砍伐栎树，取去树皮，截去小枝，锯成七尺长一段，用刨子刨光，供人买去做屋子、门窗、桌椅等等。

天气好的时候，常常看见庄子坐在有阳光处，两脚踏着一根树干，用刨子细细刨着树干表面。刨子过处，便卷起一片薄薄的木皮，像花一样卷起来，透着阳光，可以看见一圈一圈树皮细致的纹理。

庄子喜好唱歌。一些流行的俚俗歌谣常常在口中哼唱，并不成腔调，有时反反复复也就只是一句。

田氏绾起头发，提了桶去取水。从堤岸上一步一步走到河边。踏在一块石头上，弯下腰，"砰"的一声，把桶打横，哗啦哗啦汲满一桶水。等汲满了，再一使力，将桶拉起来。各在扁担两端挂一桶，挑在肩上，咯吱咯吱摇摇晃晃走回家来。

村里的人大多忙碌，日出而作，日入而息，忙着田事。一年到头，除草做田，引渠水灌溉，插秧收谷，除虫下肥，总有忙不完的事。

田氏是一个好脾气的女人，对于村民喜欢拿庄子开玩笑，也并不以为忤。

庄子不善于家事，除了刨木伐木，家里洗衣服做饭一概由田氏料理，田氏也不以为烦琐。

庄子笨拙，有时帮忙摆一下碗筷，把碗打碎了，田氏也只是笑着在他头上敲一下，骂一声"傻小子"，拿扫帚畚箕，把碎片收拾了，另拿一个新碗给庄子盛了饭。

庄子咿咿啊啊唱着不成曲调的歌，坐在阳光下刨木头。田氏挑一担水从河边回来，站在小坡上，把桶放下，歇息一会儿，举起袖子，擦一擦额上的汗。看见自己的小屋，看见摇晃着脑袋唱歌的丈夫，看见走来走去无事的鸡和鸭，一切都很好。田氏细看一看这圆头圆脑一天到晚笑着的丈夫，不自禁也笑了起来。

但是，这都是大地震以前的事。

大地震的来临是大家都没有预料到的。

村里原来供有一女巫，胖胖的身体，坐在庙坛上，脸上涂了红蓝各种颜色。在村民们忙于各种农事或手工时，这女巫则在神坛上用蓍草排列各种图样。她知道村中每一个居民的生辰八字，用八根蓍草做各种排列以预知每人的吉凶祸福。

女巫日常的工作就在于把所得的吉凶告知村民。得到吉相的人，必须准备丰富的食物以酬神，女巫代表神明，把食物一一吃完。得到凶告的，必须供奉银钱，按凶事程度缴纳不同数目的香油钱，以求逢凶化吉。久而久之，这座神坛就成了村子里最华丽富有的一处所在。

通常遇到村子中共同的大事，蓍草排列法就不发生作用。必须由村中有地位或年长的数人，组成进香团，在神坛前求告女巫，女巫按事例大小指定应供奉银钱粮谷若干。双方议定完毕，女巫才从她豢养的水池中取出一只乌龟，对乌龟喃喃念着咒语，乌龟有时把头伸出来，看看发生了什么事。正巧面对面看见一张胖胖的女巫的脸，对着它张嘴吐舌，说一些听不懂的话，乌龟吓了一跳，便赶紧又缩回壳中去了。

女巫念完咒语之后，把这只已经吓坏了的乌龟放到一只铁锅里，下面加上大火。女巫烧锅祈祷，火光熊熊。乌龟被烤炙，头与四肢都伸出壳外，四处攀爬求生，不久也就头脸焦黑地死去了。

乌龟死后，女巫从铁锅中取出，将龟肉用铁钩之类的工具剔除干净，剩下龟壳，在上面用刀刻了卜问的事，记上年月日，钻了孔，再拿到火上烤。钻孔的龟壳上便出现了裂纹，女巫依裂纹形成的方向图样，向大家布告神明对这件事降下的吉凶。

这种龟卜的方法因为太复杂，所以通常不用在个人小事上，只有遇到天灾、战争等等有关全村生活的大事才用这种龟卜法。

这次大地震，是历年来最大的一次天灾，但是，女巫却并没有预测到。

倒是痴骏的庄子，在大地震前几天，忽然特别的不快乐起来。

田氏看庄子没有了笑容，忧虑地呆坐着，以为他生了病。田氏试了他的体温、呼吸、脉息，一切都如常，并不像生病的样子，田氏便趴在庄子胸口，听了一会儿心跳，心跳也如常，是一颗饱满如四月蛙叫的心脏。

田氏找不到庄子失去笑容的原因，但是她又本能觉得有灾难的征兆，到了没有办法，只好跑去神坛，求告于女巫。女巫排完蓍草后，说神明的确降灾庄子，因为田氏大白天把头亲昵地俯贴在庄子胸口，做出猥亵的动作，使神明发怒了。

"不对啊！是他不舒服在前，我才趴在他胸口听心跳啊，而且……"

田氏还没有分辩完毕，女巫便气得哇哇大叫，把一根一根蓍草折断，抖动着一脸胖胖的肉，向田氏念起咒语来了。

田氏看见水池中的乌龟也都缩起了头，不敢动弹。知道争辩下去也无结果，便叹了一口气，沮丧走回家去。

没有几天，大地震就发生了。

一片墨黑，黎明还远，大地忽然摇动了起来。

庄子从睡梦中惊醒。他看见几道烁亮的闪光划空而过，在一弹指顷的闪光中，他看见山岳倾倒了，河里的水像一匹布一样飞扬起来，大地裂开了巨口，吞噬了几间房舍。

四周有男女哭叫的声音。田氏紧紧抱住庄子，吓得说不出话。

当剧烈的摇动暂时停止时，邻近男女哭叫的声音更大了。有人似乎努力推开倾倒的门窗，从堵塞的瓦砾中逃出来。

哭泣的声音，受伤者哀号呻吟的声音，呼叫亲人名字的声音，庄子坐在黑暗中听了一会儿，默默流下了眼泪。

"我们逃吧！"

田氏在黑暗中跌跌绊绊，一地都是散乱的锅碗家具。她好不容易摸到门边。幸好门还未曾堵死。田氏打开门，探头看了一下，虽然依旧墨黑一片，借着一点天光，还可以看清一点山和房宇的轮廓。

"快啊！我们出去吧！"

田氏再回头呼叫庄子时，地震再度来了，这次更加猛烈，好像刚才只是预告，这次是彻底要毁灭了这村镇。

横向的摇动间杂着上下的颠覆，大地被挤压扭曲，发出如骨折般喀喀的声音，墙壁迅速倾倒了，屋顶重压下来，发出轰然的巨响。

许多处因为剧烈摩擦发生了大火，火光熊熊，照着一片凄怖的景色。

地震持续了一段时间，从猛烈到缓和，仿佛要确定所有该坍塌的都坍塌了，才从缓和的摇晃慢慢静止了下来。

地震静止以后的安静特别的静。像死过以后的苏醒，像天地刚刚重新被创造过，一片烟雾在慢慢流荡。等烟雾消散了，透露出光，透露出山和水，透露出大地，大地上的瓦砾和废墟。

然后黎明终于来了。

最早的声音是鸡啼。那雄赳赳的大公鸡，飞到已成瓦砾堆的顶端，向东方看了一会儿，看到山后透出了亮光，便拍了一拍翅膀，伸长了脖子，喔喔啼叫了起来。

那声音清亮激越，是噩梦后新生的歌唱，此起彼落，四处的鸡啼纷纷响应，太阳升起来了，在一片鸡啼声中视若无睹地君临着这灾难后的大地。

田氏也慢慢醒了过来，她被横倒的梁木打中，昏了过去，但是，也所幸这梁木，架住了继续坍塌下来的屋顶，使她逃过了死亡。

她从瓦砾中爬起来，一身瓦片土屑，匆匆四处翻看一遍，寻找她的丈夫。

庄子却不幸死了，身上并没有一点伤，脸上看来比平日还安静，像睡着了一样。

田氏起初以为他是吓昏了，抚着他的手叫了几声，不见有反应，她才趴在庄子胸口上听了一会儿，那跳动如蛙鸣的心脏停止了，一点声音也没有，她又试了鼻息、腕脉，一切都停止了，田氏才着了慌，抚尸大恸起来。

田氏的号啕哭泣持续了几天，日夜来临她浑然不觉，也不渴不饿，坐在瓦砾堆中，披头散发，一遍一遍抚拍庄子的身体，每一处都重新看过了，又把一生的恩爱小事重新细想一遍，哭了又哭，最后无力了，哭泣变成了衰弱的嘤嘤之声。

其时四野都是哭泣亲人的嘤嘤之声，哭泣丈夫、妻子，哭泣父亲、母亲，哭泣兄弟姊妹，哭泣子女亲友，大地震过后的土地上，瓦砾中一片哭泣之声。

哭泣过后，田氏走到邻近几家人家中，彼此安慰了一番，开始收拾整顿残局，立起倾倒的栋梁，扶正门窗，灶里燃起了柴火，米缸中掏出米，到河边汲水，准备做饭了。

地震的原因，在灾情稍稍平复后开始在村民口中猜测议论起来。

倾向于理性的一派，相信科学的分析，开始研究地质与土壤、山脉与河流的关系。察看了几处没有坍塌的屋宇，记录了建筑抗震的原因，誊写了一份厚厚的报告书。这一派的领袖人物是楚国流寓此地的一个王孙，平时大家就叫他楚王孙。

另外一派着重于社会福利工作，他们组织了互助会，了解每一户受灾的情况，对灾后食物的分配、尸体的处理、伤员的照顾做了详细的安排。田氏在心情平复之后便成了这一互助会重要的领导人物。

但是，在女巫的神坛附近，地震的原因有着不同的说法。

女巫认为地震的原因明显来自神明的发怒。她叙说了一些村民不敬神，怠忽供奉的实例，并且扬言如果村民不改变对神明的态度，灾难还会再度来临。她宣告神明已明示将以一种不可抗拒的疫病惩罚村民，使村民相互传染，直到全村毁灭为止。

新的恐惧重新笼罩着村落。

许多人原来属于楚王孙的调查小组的，因为被女巫恫吓，便丢下了测量的工作，跑到女巫神坛前祈祷。也有原来与田氏一起到各地煮粥赈灾的，也受到女巫恐吓，便把家中仅余的米供奉给女巫了。

神坛被重新修建了起来，在一片瓦砾的村落中，不成比例地高耸着。女巫便高高坐在神坛上，她的恫吓显然比楚王孙和田氏更具实际的威力，逐渐拥有了大部分村民的信仰。

女巫除了脸上涂抹各种鲜艳色彩之外，还新制了饰有羽毛和虎牙的帽子与衣服，都用最好的丝绣成，光是一件上衣就必须用到一千八百零七颗蚕茧。

女巫自知取得了胜利，村民都震慑在她所散布的灾难恐惧中，便开始施用手段，把民众对灾难的情绪导之于她所憎恨的人身上。

那些测量建筑结构，做抗震纪录的人，显然对她的神明发怒论大有威胁，她便传神论，加他们以侮慢神明的罪，有些被绑在神坛四周活活烧死了，他们的领袖楚王孙也连夜逃回楚国去了。

女巫第二个要除去的敌人自然是田氏了，这不仅因为田氏成为社会福利派的领袖，在粮食分配上与女巫有了实际的冲突，更重要的，大地震前田氏对女巫的争辩，惹恼了女巫，这个仇她当然迟早是要报的。

田氏是一个简单的妇人，并没有想那么多，所以当女巫传下神谕，指明田氏即神明降灾的主因时，连她自己都吃了一惊。

被女巫煽动的群众立刻逮捕了田氏，捆绑起来，送到神坛前。

女巫当众作法，扶乩显灵，画出神符，女巫一一宣告，指出田氏某年某月某时，与庄子在白日猥亵，触怒神明，招致大灾，等等。

田氏被绑得连呼吸也透不过来，看着眼前一批疯狂的群众愤怒地向她叫嚣，也有人向她脸上吐痰丢石子。

有关田氏道德的问题被讨论好几天，由女巫召集的一个审查委员会，包括村中的长者、知识分子，共同详细勘察，最后定罪，将田氏处以活活封棺中的酷刑。

从定刑到执刑，时间非常短，女巫早已准备好一具牢固的棺木，将田氏硬塞进去，盖上棺盖，便砰砰砰砰，把棺盖用五六寸长的大钢钉在四周钉死了。

田氏在被封死的棺木中窒息加上恐惧，昏迷中做了一梦，竟然是自己额上抹了锅灰，口中咬一撮头发，手上高举亮晃晃一把大钢刀，径奔荒原墓场而去，她一刀劈下，庄子霍地一下从棺木中坐起，哈哈大笑，携了田氏的手一同升天而去了。

事实上，大劈棺结尾这一梦也只是臆测而已，因为女巫后来传谕不准任何人谈论有关田氏、庄子或楚王孙的故事，这项禁令延续了很久，大家慑于女巫的威力，有关大劈棺的真正情由也便众说纷纭，没有定论了。

民间戏剧一直有"大劈棺"的故事，传述庄子死后，妻子田氏爱上楚王孙，楚王孙得病，要吃庄子的脑才会痊愈，田氏就夜里劈棺取脑救楚王孙。那也是一个好故事，没有大地震，但是田氏要用旧爱人的脑救治新爱人的病，她举起钢刀劈棺的一刹那，一定充满挣扎矛盾。

"大劈棺"的戏很长一段时间禁演，据说是政府认为有违善良风俗，新寡的女子立刻爱上帅哥，而且劈棺取脑，用前夫的脑为新欢治病。

民间有这样的传说不难理解，政府要禁，也不难理解，被统治者，统治者，想的、做的，总不一样。

我听到的"大劈棺"与戏剧也不相干，只是一次大地震后在瓦砾堆中幸存者的姑妄言之，大家也就姑妄听之吧。

CHIANG HSUN

LEGEND

傳
說

吹笛者汉斯

他便在死去之前，连续看了一百七十八次的月圆，以及月圆时安静寂寞的城市风景。

不知道城里为什么突然来了这么多老鼠。

它们东钻西钻，嗫着尖尖细细的嘴，躲在阴暗的角落。

刻意去找是找不到的。可是猛一回头，就看见一个黑影，咻地一下，窜过街去，溜得无影无踪了。

最早发现"鼠患"的是 H 太太，新闻界目前提到"鼠患"一词，一定要提到她。

H 太太是一个面包店的老板娘，四十多岁，有一点肥胖。在年过四十以后，她忽然对自己完全失去信心，觉得年华老去，姿色全无，终日与面包为伍，脾气变得异常暴躁易怒。

敏感的邻居都发现了，并且有人发誓说，看到 H 太太独自一个人，躲在一个阴暗的墙角，声色俱厉地斥责一块玉米甜面包，把那面包当成人脸一般打起耳光来了。

　　发誓的人说："玉米便纷纷从人脸掉落一地都是。"

　　H 太太的诡异行径从此被四邻左右在私下传扬开来。

　　四邻称呼这种不可解的异常行为为"更年期"。但是，也有人辩称"更年期"应该是五十岁以后才发生的。

　　总之，H 太太在墙角斥责一块玉米甜面包的事，很长一段时间，成为城里人们无事时关心谈论的重点。

　　大部分的城市居民觉得 H 太太的打面包耳光是比正在喧腾的城市人打架的事更为有趣的。

　　"打人算什么呢！打玉米甜面包的耳光呢。"一个满脸青春痘的年轻女裁缝师说。

　　大家便拿女裁缝师取笑，说 H 太太如果一巴掌打去，女裁缝师一脸的青春痘便会如甜面包上的玉米，纷纷掉落地上吧。

　　女裁缝师是一个没有气度的女人，短处被人揭扬，扭头赌气走了，回去狠狠踢了她的缝衣机一脚。

　　H 太太的"更年期"持续了不少时日，而且似乎变本加厉，有益趋严重的倾向，她不止劈捆玉米甜面包，也开始把一条整段的吐司当成人腿来掐捏。

　　发誓亲眼看见的人还是同一个人。

经他发誓之后，大家到 H 太太的店里购物，都会仔细检查吐司上有没有被 H 太太掐过的指甲痕。

因为又要顾忌不被 H 太太发现，一堆一堆人便约好了，三三两两提着竹篮进店做购物状。先由一个人假作与 H 太太亲昵攀谈，说些"天气非常晴朗"之类的闲话。其他两个人便迅速如做侦探般，细细把一条吐司翻来覆去地察看。

因为 H 太太，城市居民的生活仿佛活泼了很多，充满了团结和睦的气氛。一起商议侦探方式，有组织地进行调查，回来后交换心得报告之类；连女裁缝师也变得随和大方起来，她甚至义务提供了画衣服样子剩下的废纸，用来记录 H 太太逐日的行为。

"四月七日，阴，劈捆玉米甜面包的面颊。"
"四月十五日，月圆，掐捏法国吐司大腿。"

（据说，这记事日志就是城市八卦杂志"某周刊"最早的开端。）

女裁缝师画衣服样子剩下的废纸都留有完整的人形，有关 H 太太的"大事记"便一一逐条详细地标明日期被登录在上面。

负责登录的人是一个退休的小学教师。他戴起老花眼镜，用路易王朝时代的文体来记事，觉得有一种满足。年轻的时候他曾经幻想过要做国史馆的档案资料主任的。

这些文件逐一收藏在这退休教员的书房柜子里，上了锁。每次重要的集会，退休教员才谨慎地取出，用布一层一层包裹仔细了，再伪装成钓具，装在一只木箱里，携带到女裁缝师家。

这些文件后来竟也装订成厚厚一大册，像一本《六法全书》；大家开会时逐条比对，观察 H 太太行径变化的轨迹，一切都以此为依据，这本书也就被正式称为"历史"。

"我们应该以'历史'的记录为准。"

在遇到对 H 太太行为的解释上发生纷争时，通常退休教员便会一再强调"回到'历史'"。

女裁缝师和教员是强调"历史"最力的两人。这当然是因为记录"历史"的纸张是女裁缝师提供的，而退休教员则花了不少精力把"历史"写成路易王朝时代的文体。

可是城市居民并不如退休教员想象的那样有"历史感"。

他们在"历史"太多之后，已不耐烦去记忆那烦琐的记录，对于所谓的"路易王朝时代"太过俏的文体也开始抱怨了。

特别是后来好像并没有如"劈捆玉米甜面包"及"掐捏法国吐司"这样新鲜有趣的事发生。H 太太在墙角对着不同面包及果酱的喃喃自语，一次一次重复，虽然退休教员努力在文体上变化辞藻，使事件看来耸动如国家大事也已难挽回"历史派"的颓势了。

最早对"历史派"不耐烦的是铁匠 J。他是一个壮硕的男子，平日打铁练就一身结实的肌肉。在退休教员用文绉绉的路易王朝体写着"历史"时，铁匠 J 就在一旁喀喀搬弄他粗大的手指。他的指节巨大如核桃，一经挤压便发出喀喀的声音。退休教员不得不停止他精细的书写工作，抬起他花白细小的头，注视着铁匠 J 气鼓鼓的胸膛。铁匠 J 是连冬天都裸露胸膛的，胸口一撮倒长的黑毛，像一把猪鬃的刷子。

铁匠 J 是精力旺盛的典型。他不耐烦退休教员的"历史"，他喜欢"事件"。他看着退休教员喃喃念着他的"历史"时，就忍不住想把那花白细小的脑袋放在铁砧上，像锻炼一块铁一样，"砰"一下，打得扁扁的。

所以，当 H 太太发现老鼠时凄厉的叫声传过了几条街，铁匠 J 是第一个赶到现场的。

H 太太像美女一般晕倒在铁匠 J 壮实的怀里。摄影家 R 拍到了这张照片，成为后来各杂志、报纸、电视争相采用的资料。摄影家 R 便成了名，得到该年度的新闻报道摄影大奖，在胸前戴了一枚勋章。

H 太太和铁匠 J 都时时上电视，被各报章杂志采访，说明当时的情景。

H 太太当时其实是在搜寻 H 先生的口袋。自从对斥责玉米甜面包厌烦之后，H 太太便怀疑起 H 先生对她的忠实来。她觉得年华老去，姿色全无，H 先生是很可能移情于其他女人的。

这些胡思乱想使她开始寻找一些蛛丝马迹，诸如衬衫领口上的红唇印、内衣上的一根女人发丝等等。

H先生其实是冤枉的。他是一个老实的面包师，从早到晚，忙着揉面、和面、烘焙面包，并没有什么多余的时间去想其他的事情。

入夜以后，H先生呼呼大睡，H太太便蹑手蹑脚从床上起来，翻看H先生的衣物。因为灯光昏暗，H太太分辨不清H先生做面包时不小心沾在领子上的一小块番茄酱汁。那赭红的印痕，颠来倒去地看，真像一个女人的唇形；而且是噘着嘴亲上去的。H太太模拟了一下形状，以便确定她的推测。

她有一点发怒，又有一点自伤，在复杂的情绪中感觉着生命的沮丧与绝望时，正无意识地伸手到H先生的裤袋中去检查，不意却摸到一堆软绵绵的东西。她还没有完全领悟过来，那一堆东西已经狠狠在她指尖上咬了一口，吱吱叫着从H先生的裤袋跑出，沿着H太太的手臂，一、二、三、四，一大串老鼠飞奔而去。

"啊——"H太太发出她有生以来最凄厉悠长的一次惊叫，便晕厥过去了。

之后便是她倒在铁匠J的怀中，被强烈的镁光灯闪光刺激惊醒，改变了她一生的命运。

她变得很忙碌，常常要接受别人采访，也便开始注意起自己的打扮服饰。用一条紫色的缎带在头顶扎了一朵大花。并且对着镜子里的自己做了几个不同微笑的表情，以确定她以后在电视上出现的形象。

H太太很巧妙地掩盖了她搜查H先生裤袋的部分。即使在被老鼠惊吓晕厥之后，她依然几乎是本能地回答新闻记者的采访说："我当时正要把H先生的脏衣裤拿去清洗……"

她并且哽咽地哭泣着，使人觉得这样一个日夜操劳的妇人的无妄之灾。一些妇女的团体甚至因此在她们所属的杂志发表了一篇社论，严厉指责H先生对妻子的虐害。H太太连入夜以后还要为家务劳累，"而H先生呢？H先生正躺在床上呼呼大睡呢！"这是社论结尾的一句，有力地打击了新女性主义所唾弃的男子。

"而H先生呢？H先生正躺在床上呼呼大睡呢！"

这句鲜明有力的警句，变成了流行的口头禅。在H太太及铁匠J成为城市新闻的英雄时，H先生便被描述成一个懒惰、自私、懦弱的丈夫。

"为什么H太太晕厥时是倒在铁匠J的怀中，而不是倒在H先生的怀中呢？"

另一本以中产阶级知性为号召的杂志，在不久后提出了这样一个新的论点，使H太太发现"鼠患"的事件再次被掀起了高潮。

"为什么H太太晕厥时是倒在铁匠J的怀中，而不是倒在H先生的怀中呢？"

这本杂志以跨页处理摄影家R的这张名作，H太太虽然有些肥胖，依然如美女般躺卧在铁匠J壮硕的怀中；同样一张照片加了如上那样一句醒目的警语，看来就似乎别有蹊跷，引起了城市居民新的兴奋和猜测。

H 先生是整个事件中最可怜的牺牲者。他自此便苍老了。每天无精打采，随便揉几个面包，丢在炉中。有时也忘了开火，却在一旁失神呆坐着。把自己的手指头从左数到右，又从右数到左，好像少掉了一个似的，可是，数来数去，还是十个。

H 先生后来认识了一个叫汉斯的青年，便开始钓鱼了。

汉斯穿了一件小羊皮的外套，袖口有一些线穗，下面是麻布的裤子，窄窄的，一双小皮靴。他不说话，依靠在面包店的门口，看着乱七八糟的一个店和乱七八糟的 H 先生。

"嗨！"汉斯向 H 先生招呼。

H 先生看了一眼，以为是来买面包的。

"去钓鱼吧！"汉斯说。拿出一根竹笛，毕毕剥剥吹奏起来，H 先生就像着了魔法，起身随他去海边钓鱼了。

H 先生以后每天傍晚就去钓鱼。他还和退休教员借了钓具，可是退休教员糊里糊涂，把伪装成钓具的那一木箱的文件交给了 H 先生。

H 先生打开木箱，看到扉页上写着美丽的花体字，用蘸水笔细细描过，是"历史"两个大字。

纸页有些泛黄，上面留着一些奇怪的人的身体的形状。H 先生逐页翻了一下，不知道为什么退休教员要交给他这么一本书，说是钓具。

书页被老鼠咬掉了许多地方，有点残破不全。但是逐条中似乎都有"面包""吐司"等等字样，H 先生便以为是退休教员的食谱，又重新放回到木箱去，隔日就归还了。

"鼠患"越来越严重。它们甚至不再躲躲藏藏，公然出没于城市四处。连市长就职典礼的宴会上，它们也成群拥来。在市长冗长的就职演说进行时，一排一排坐在餐桌前的贵宾们便眼睁睁看着老鼠把一桌丰盛的菜肴吃得精光。当市长演说完毕，说到"请各位贵宾欣赏我们丰盛的美食"时，那些饱胀着肚皮的老鼠正相互扶持着——离开餐桌，在洁白的餐桌台布上留下小小的脚印，像一些美丽感伤的小花。

H 太太和铁匠 J 被他城邀请，在电视上解说"鼠患"被发现的情景。新闻记者依然俏皮地调侃 H 太太说："为什么你是晕厥在铁匠 J 的怀中，而不是在你先生的怀中呢？"

H 太太便用镜中练习好的微笑回答。她想，这微笑中有女性的矜持、娇羞，和不可解的神秘。果然，屡试不爽，她这样一微笑，在场观众都爆起哄堂大笑，连电视旁的观众也乐不可支呢。

H 先生还是去钓鱼，用汉斯为他用竹枝做的一把钓竿，每天傍晚以后，便坐在一块固定的岩石上，把钓线垂到水中。

汉斯有时和他同去，也坐在另一个石块上，吹奏他的短笛。

但是，"鼠患"逐渐蔓延到海边来了。H 先生傍晚时到海边，必须用脚驱赶开缠绕到脚上来的老鼠了。

一日，H 先生忧虑地问汉斯：是否还有安静没有鼠患的海边。汉斯笑着没有回答。

那个夜晚，月光亮洌，像水一样。

H 先生坐着睡着了，手中却还握着那支钓竿。

他看见汉斯从石块上起来，走向城市。汉斯走路像跳舞一样，金色的发卷在头上纷披，衣袖的线穗也随风飞扬，他拿出了竹笛，放在口边吹奏。

在一路走向城市的路上，吹笛者汉斯的笛声引来了大街小巷的老鼠。老鼠与老鼠头尾相衔。后面一只咬着前面一只的尾巴，连成一条长长的队伍，比市长就职时的游行仪队还要长。

老鼠们像梦游一样，随着吹笛者汉斯走了。他们在月光下的城市中绕了一圈，又折回到海边；在 H 先生黎明将来苏醒之前，汉斯带引了成千上万的老鼠在海边消失了。

据说，那晚的月亮像用剪刀剪成的一个圆圆的银片。女裁缝师、退休教员都没有睡。他们躺在床上，从窗口望出去，看到成千上万的老鼠，头尾相衔，像舞蹈一样，随着吹笛者汉斯在城市街道上行走。

"一群梦游的、舞蹈的老鼠。"

退休教员忠实地记录着他的见闻，他的文体越加洗练，竟有点像十二世纪格里格雷教皇用的经文体。

但是，可惜的是他无法记录汉斯的笛声。这当然是"历史"最重要的部分，可是，什么样的笛声呢？他竟完全无法记忆。

他也试图问了女裁缝师、H 先生，却都没有结果。H 太太和铁匠 J 当时正在他城做访问，他们甚至不知道"鼠患"已经绝迹的事，当然更无从问起。

退休教员忧郁沮丧，觉得他的"历史"欠缺了最重要的部分。

他便在每个月圆的晚上，推开窗，瞭望着月光下空空的城市，盼望再一次看到吹笛者汉斯和他的老鼠们，而那时，"我必定不能遗漏记录他的笛声啊！"退休教员这样提醒自己。

他便在死去之前，连续看了一百七十八次的月圆，以及月圆时安静寂寞的城市风景。

CHIANG HSUN

LEGEND

傳說

Nike
——记岛屿首次高中生舞会解禁

鼓声细微迅速到了极致，竟像是自己的心跳。

　　他一路吹着口哨上楼。

　　这幢四楼公寓大约已有十几年历史。刚盖起来的时候，算是附近一带讲究的房子。不想十几年下来，四邻的古厝陆续拆除，盖起新式的公寓和办公大楼。建筑材料也愈来愈讲究，铝合金和玻璃帷幕、花岗石，甚至还有用不锈钢做建材的。一幢比一幢高，一幢比一幢堂皇。

　　相形之下，这十几年前用"美轮美奂"来做售卖广告的"美美公寓"，便显得如破落户一般灰败了。

　　可是它还是叫"美美公寓"，用红色漆髹的四个行草书法。当时还是请名家写的，只是现在名家已经作古，"美美"两个字的红漆斑驳，掉了上面的两点，新来的住户都读不通了。

他吹着口哨上楼的时候，通常心情比较好，上楼的步子也比较慢。

奇怪，同样一条公寓楼梯，心情不同的时候走起来，感觉完全不一样。

他住四楼，有时候觉得像上天梯一样长，他便心里憎恨这老旧破败的"美美公寓"。

为了节省建筑空间，尽量增多可以售卖的坪数，公共设施的楼梯间便十分狭小，几乎两人同时上下就有困难。十几年来，又乏人照管，各家随意弃掷的垃圾、偶然大门没关好，野狗跑进来撒一泡尿等等，日渐累积，这阴暗封闭的楼梯间便如同鬼域，一到夏天盛暑，就蒸腾着一阵阵欲呕的恶臭。

他读大学的时候已经鼓动过父亲，把公寓卖掉，找一幢有管理员、有电梯的大楼迁进去。

可是父母亲不多久觉得时局不稳，办妥了移民，匆匆去了美国，住在旧金山姐姐家。这幢公寓由他一个人住下来，售卖的事，他一窍不通。几次想弄清楚产权地契的问题，找了法律系毕业的同学商量，最后还是因为懒，中间又夹着当兵、退役、找工作、申请美国入学，一连串的事，算算也五六年过去，他还依旧住在这一直想搬走却又搬不走的"美美公寓"。

"美美公寓"在日渐颓败之中。水塔马达迟缓，打不上水来。电线管路发生故障，抽水马桶及浴厕堵塞不通，仿佛整个大楼都在机能老化。

楼梯间的空白墙面上贴满一片一片"马桶不通""搬家""修理浴厕"等等各式广告，密密麻麻，一张叠一张，竟然也构成一片颇为可观的"视觉艺术"。

"视觉艺术"四个字是和他同住的魏君说的。

魏君是他成功岭认识的朋友，读美术，小个子，毕业以后在一家服装设计公司做事，就搬来与他同住，原来就有点细皮白肉，一经服装设计的工作催化，留起了庞克头，穿起三宅一生的衣服，走路、吃饭都有点模特儿的架势。

魏君常常倚在阳台边向他说：

"小王，我真的受不了这个公寓。"

"小王"就是"他"。高个子，起码一米八〇，穿一条破牛仔裤，跷着两条长腿，一边啃着一颗青绿的芭乐，一边看着《民生报》的电影广告。

"《仙履奇缘》——"他看电影广告也只是看离家近的几间戏院的，对于导演、演员、影评人四颗星之类一概对他没有影响。

"喂魏——"小王习惯这样叫魏君，"喂魏，《仙履奇缘》是什么电影？"

"啊呀！老掉牙的片子。"魏君把日本睡袍的宽袖子用一条金色腰带扎起来，开始动手绣一件名歌星衣服上的亮片。

"你这个样子实在很诡异——"小王指指魏君用金色腰带来扎睡袍袖口的样子，顺手把芭乐中间的核用上篮的动作掷进垃圾桶。

"《仙履奇缘》就是'玻璃鞋'的故事啊！你不知道吗？"

小王摇摇头。

"唉——"魏君做作地长叹一口气，怨尤地说，"怎么会跟你这种人做朋友。真没眼光。"

小王嗑出一根烟，叼在嘴里，他惯常对魏君这种奇怪近于怨妇式的表情不做任何反应。

"喂魏，喂魏——"他信口把魏君的称呼编成一首歌，配合着幽灵舞的动作，在沙发上扭动着。

"好啦，别恶心了。"魏君啐了他一下。

魏君便一面缝绣衣服上的亮片，一面把《仙履奇缘》的故事告诉了小王。

"辛德瑞拉，辛德瑞拉。"小王口中叼念着这个魔幻女子的名字。他想象老鼠拖着南瓜车在璀璨美丽的星空驰骋，辛德瑞拉坐在车座上，去赴她子夜以前的宴会。

"喂魏，我想她穿的衣服就是这种绣亮片的长袍。"

"纱的。"魏君抗议道。

"纱的？为什么？"

"因为在舞会上她跳的是华尔兹。"魏君依然斩钉截铁地回答。

"有关系吗?"小王从沙发上翻下来,在地板上一连做了十几个伏地挺身。

"别烦人,自己去看吧。"

"时间还没到啊。"小王又开始仰卧起坐。

看电影的时候,其实小王睡着了。沉沉地睡过去。头向右偏在另一张椅背上,而且发着鼾声。有一个脾气不好的观众狠狠在后排椅背上踢了一下,才把小王惊醒。

戏院中大约只有寥寥十几个观众,有的嚼着口香糖,有的躲在暗处爱抚亲吻。小王四周环顾一遍,看到那横眉怒目,穿着红背心,右臂上一片刺青的男子,正眼睁睁看着他,仿佛要打一架的样子。

"他妈的。"小王心里嘀咕着,但是没有骂出声。

影片上正演着忧郁失恋的王子,失魂落魄地拿着一只辛德瑞拉遗下的玻璃鞋,回想着舞会中突然消失的女子。

一只玲珑的玻璃鞋,细细的跟,尖尖的鞋头,因为仿佛人的脚形,便有着人的表情。

"Nike!"小王心里一叫。

"楼下新搬来了一家人。"那天魏君一进门就这样告诉小王。

小王刚从浴室出来,一身冒着热气,腰间围了一条大毛巾,一边用另一条毛巾擦头发。他走到四楼楼梯间,向下一张望,看到一个十七八岁的男孩恰巧搬了一纸箱东西正走上来，也抬头看了一下。两人手都不闲着，便匆匆点头"嗨"了一声。

"嗨！"对方的头发披在额上，因为搬东西，脱去衬衫，一件撕袖的 T 恤，下面一条运动短裤，一身皮色黝黑，肌肉鼓鼓的，像一个运动员。

他进门时两脚一蹬，把鞋脱在门外，抱着纸箱进屋去了。

小王站了一会儿。那双鞋，匆匆忙忙被搁在门外，一只歪倒着，一只较后，好像倾听的模样。没有解开鞋带，系着两个结。小王看了一下，鞋的两侧有红色的一道曲线，是 Nike 牌子的运动鞋。

"Nike 和玻璃鞋。"小王觉得这联想乱荒谬，便笑了起来。

看完电影回家，吹着口哨，一路走进公寓。上楼梯的时候走得很慢，走到三楼，停了一下，看到许多杂陈的鞋中有那双 Nike 牌的运动鞋，这次放得很整齐，并排前后一致，好像一个听话守规矩的学生。

"你好，Nike！" 小王两脚跟一碰，敬了一个军礼。

魏君无故失踪了很久，家里有点紊乱。垃圾往往一星期没有倒，发出刺鼻的恶臭。

小王仍然每天吹口哨上楼，走到三楼门口，总停一下，看一看 Nike 牌的鞋子，鞋子有时候在，有时候不在，有时候全是烂泥，脏兮兮的；有时候大概刚洗过，洁净如新。

一天，看报纸，听说高中生舞禁开放了。台北中华体育馆（现在的小巨蛋）第一场开禁的舞会，甚至是由市长主持的呢。

小王心血来潮，便套了一件大红的外套，咚咚咚跑到三楼，按了电铃。

"嗨！"

Nike还是那件撕袖背心，一条白色运动短裤。

"Nike，去跳舞吧。"小王说。

"哪里？"他有一点高兴的样子。

"中华体育馆。"

"嗯哼——"

Nike摇一摇手，指指小王的鞋，表示不通过："没看报吗？一定要穿运动鞋。"

"那容易。"

小王和Nike在巷口鞋店挑了一双运动鞋便匆匆赶到体育馆去了。

激光在门口就闪烁着。

迪斯科的声音震耳欲聋。一股人身上发散的热浪迎面扑来。

"你说什么？"

小王很用力地大声叫着，可是Nike还是听不见。他有点陶醉，好像喝了酒。但是他的舞真不是盖的，他不摆空架子，他要跳就实实在在地跳，跳到全身被汗水浸透了。一种咸混合着热的气味全身散放着。头发也湿透了，黏在额上。鼻头上聚着小小一粒粒晶莹的汗珠，还点缀在刚刚长出来的细微的唇须上，他也可以从极犷野的动作收敛成细致精微的动作，好像被无形的线牵动的木偶，在极精致的地方还有俏皮的转折。

大约有一两千人吧。小王四面环看了一下。

一双巨大的玻璃高跟鞋悬挂在屋顶上。华丽的马匹，头上装饰了各色羽毛的冠饰，趾高气扬地拖着衬垫着丝绒的马车来。

激光变成一束亮光，聚射在马车上。

音乐停止了。

"怎么回事？"有人低声问。

"是市长来了吗？"

"坐这样的马车，太夸张了吧。"

好像有鼓声。单纯是鼓声。一点一点，是极好的鼓手，用最轻巧的指法，使鼓槌在鼓面上震动、弹跳，像一连串珠子，在地上有节奏地滚动。

这些第一次开放舞禁的狂欢者，穿着他们最奇异的服装，头发上撒了金粉，抹了浪子膏。

十七八岁的脸，天真又幼稚的，野性又贫薄的，却都在这一刻，被一辆缀满各种装饰的华丽马车吓住了。

鼓声细微迅速到了极致，竟像是自己的心跳。

激光一闪。

"啊——"

马车宝蓝丝绒的衬垫上，赫然是那双 Nike 的运动鞋。鞋带没有解开，仿佛刚刚从年轻主人的脚上蹬下来，还有表情和姿态。

"太夸张了，太夸张了。"

狂欢者喧叫了起来。然而激光还是固执地集中在这一双鞋子上。马车篷顶上的缀饰绒球轻轻摇晃，四匹高大的白马踢踏着，喷昂着鼻息。

"Nike，那真的是你的鞋吗？"小王偷偷问。

Nike 嚼着口香糖。似是而非地笑着。

小王低头看他一双赤脚，一粒一粒的脚趾，好像刚从海滩上走回来。

狂欢者鼓起掌来。不知道为什么大家一致认为这辆马车和 Nike 运动鞋是有关的厂商提供的广告时间。

只有小王和 Nike 坐在墙角。Nike 把头枕在小王肩上。

"怎么办？ Nike，十二点一到，马车要变回南瓜，马匹要变回老鼠，你怎么办呢？"

小王忧虑地说。

可是 Nike 睡着了。非常平静而均匀的呼吸，小王可以从肩头感觉着他睡眠的重量，以及那轻微的起伏。

"没有了 Nike 牌鞋，你怎么办呢？"

在音乐响起最后一支告别舞的曲调时，小王自言自语地说了一句。

"你是十二点子夜钟声响过后，唯一不逃遁的辛德瑞拉！Nike！"

小王说着，便把头也靠向 Nike 的头。

其实公寓还是在日渐颓败之中。连续几天水塔抽不上水来。打开水龙头，呜呜地响，像干号哭泣的老妇人。

几天没有回来的魏君，不知为什么得了一种奇怪的皮肤病，坐在沙发上，撩起睡袍下摆，抓呀抓的，一层层地上药。

"小王，我真的受不了这个公寓。"

小王也觉得燠热潮湿，一身黏腻的汗。一天要冲好几次澡，所以他干脆整天围着一条大毛巾，赤着全身。

"那大概是绣球风——"

小王指指魏君奇痒的地方。

"放屁！"魏君把睡袍一摔，咚咚回房去了。

小王走到阳台，几盆奄奄一息的万年青，枯黄萎败，蒙着厚厚的灰尘。墙壁上一条一条雨天漏下的水痕。

"还是没有水吗？我要疯啦！"

魏君在房里歇斯底里地叫着。

小王跑到浴室，从马桶水箱中舀出了一杯水，偷偷拿到阳台，一点一点浇到万年青身上。

　　那水，在枯黄萎败的叶脉上立刻被吸收了，四面滋漫开，湿润了。

　　"Nike！"小王低低叫了一声。

　　Nike便从丛林一样的叶片中探出了头，灿烂地笑了起来。

　　我发现自己的传说都已是城市的陈年旧事了，青年一代甚至不知道有《民生报》……

CHIANG HSUN

LEGEND

傳
說

人鱼记事

『这个港湾里原来是有人鱼的。』

上了年纪的人都这样说。

"这个港湾里原来是有人鱼的。"

上了年纪的人都这样说。

日落时分，他们常拄着拐杖，蹒跚走来，围聚在码头上，看巨大的船只进出海港。

"呜——"

轮船低缓而冗长的汽笛，仿佛召唤他们的回忆，使他们交谈起昔日港湾的种种。

那时的港湾当然没有今日这般繁荣。

"进出来往的不过是些渔船吧！偶尔来了一艘装机器马达的货物船，老远一进港便啵啵啵啵响起来，邻近的人都跑来看，还有人放鞭炮庆祝咧——"

老人们这样回忆着。眼前一艘英国的豪华客轮灯火辉煌地驶出海港，港内较小的船只被激起的巨浪颠覆得摇摆不停。

"码头也不是钢筋水泥造的。"

"只是用木板架在浮船上的码头吧。"

"一条船接一条船，用铁环扣连，上面用木板铺成可以行走的甬道——"阿黄伯补充着说。

"人鱼们便在浮船四周游泳。有时也爬上浮船，在木板上晒他们湿漉漉的头发。小人鱼惊惧地把脸躲藏在母亲的乳房间，偷偷向四周窥伺，两只小手紧紧攀住母亲的脖子。他们有银色美丽的尾鳍，拍打起浪花——"

许多年之后，亲眼见过人鱼的人都陆续亡故了，阿黄伯便成了唯一传说人鱼的见证者。每当日落时分，他仍然勉力蹒跚地走到码头来，嗫嚅着日渐模糊的声音，说着昔日港湾里有关人鱼的故事。

牙齿全部掉光之后，阿黄伯的上下唇及两颊都明显地向内凹陷了下去，加上一点轻微的中风，使他的舌头和颈部都失去了灵活性。阿黄伯有关人鱼的叙述，因为语音的日渐模糊，传达不清楚，终至于失去了原有好奇的听众。

"好在有肥嫂。"

　　阿黄伯心里这样想。

　　肥嫂是在码头上卖烧烤鱿鱼的妇人，五十余岁，胖而结实，日久在码头上贩卖，和阿黄伯结成了好友。

　　"人鱼啦，人鱼——"

　　每当阿黄伯费力地向四周的闲坐者叙述着这段重要的往事时，肥嫂便一面在小炭炉上烘焙她的鱿鱼，熟练地在两面涂上大蒜酱汁，一面还腾得出空向四周的人解释："鱼啦，鱼啦，以前这港湾里有鱼啊！"

　　阿黄伯对肥嫂把"人鱼"转译为"鱼"十分不满意，便再度从丹田准备好一股气，把口型、舌头的部位都弄准确，拼着最大的力气吐出："人鱼，人鱼——"

　　不幸，声带老化松弛，加上没有牙齿以后的走音，那努力准备充分的"人鱼"，依然功亏一篑，出口之后还是变音了，尤其是"人"这个字，"日"音本来难发，必须咬牙切齿，加上卷舌，才发得准确，阿黄伯两样条件皆不够，最后那"人"便完全走了样。

　　但是阿黄伯自己不知道，他看着一群目瞪口呆的围观者，围观者已经习惯，每当阿黄伯讲完话，就转头看肥嫂，仿佛乞求食物的鸟类。

肥嫂扇着炉火，有点不耐烦，便草草注解说：

"是啦，是啦，有鲔鱼，有鲔鱼。"火旺了一些，她才又补充说，"何止鲔鱼，我小时候，还有仔鱼、旗鱼、鲨鱼。鲨鱼不是还沿着爱河进来，咬掉一个游泳小孩的脚吗？"

大家都慨叹了。肥嫂的童年，这港湾里竟然是有鱼的啊！

"你们看，现时这样污脏的水，你们看——"钦仔义愤填膺地指着港湾码头下浮着厚厚油污的水，一堆一堆的塑料袋、宝特瓶和各色垃圾，他尖厉地骂道，"干伊娘，谁敢相信，这里以前是有肥美的鱼的。"

钦仔年轻时是激烈派，好打架，有草莽气，搞过好几个帮派，四处与人追杀。高中毕业，考入了军校，觉得可以更理直气壮地做一个心目中的"英雄"，不想没多久因为斗殴杀人触犯军法，坐了几年牢，出来以后赋闲在家，由一个老母做缝纫养家。钦仔依旧想做英雄，恰好威权垮台，岛屿解严，党禁开放，钦仔便一面游手好闲，一面在许多场合继续发激烈派的各种言论。

钦仔一脚踏在系绑船缆的铁桩上，两手抡动着拳头，声嘶力竭地宣讲着"今不如古"的种种，就拿港湾中从有鱼到没有鱼，便是一个最好的证明。

"而我们老百姓，吃着怎样的苦呢！"

钦仔说到这里，有点眼眶红了，他同时想到了趴伏在缝纫机上赶工的老母，同时想到自己在军校时被班长斥骂的情景。

"人鱼啦——"

阿黄伯被钦仔的气势遮掩得看不见的矮小身体，忽然爆发出空前凄恻的一叫，从此便僵仆不动了。

四周的围观者都吓呆了，包括钦仔在内，都不知道矮小萎弱的阿黄伯方才何以发出那样惊天动地的一叫。

肥嫂用手上扇炉火的扇子轻轻为阿黄伯扇着。

阿黄伯两眼圆睁，口角微微淌着一线口涎。

"死了吗？"

附近大学生在排练戏剧，他们的老师是新近从德国回来的戏剧学家，指称台湾的一切戏剧都是骗人的，便带领了一批年轻的大学生，离开学校，在码头上排戏，他说："记住，仪式，只有仪式才是戏剧。"

他想起他德国的老师——一个饱受纳粹迫害的犹太艺术家说过的话，便不自禁流下了眼泪。

"死了吗？"

他的学生都被命令脱去了衣服，全身涂满了白粉，头皮刮得精光，在码头上爬滚挣扎，彼此用恐惧颤抖的声音互相传问："死了吗？"

在互相传问"死了吗？"的戏剧家的耳语中，阿黄伯似乎真的气息微弱了。

钦仔捶胸顿足，哭嚎着叫道："让我们孤独的老人这样死在码头上！"

"死了吗？"

"死了吗？"

"死了吗？"

涂着白粉的大学生赤精的身体如虫豸一般滚爬着，他们把"死了吗？"变成台词重复着。

救护车呜呜地赶来，红色的警示灯一闪一闪。

阿黄伯被抬上担架的时候，依然侧过头，看到港湾里一群一群的人鱼，在晒完太阳之后，用利刃把带着尾鳍的下半身用刀切下，留在浮船铺木板的码头上，只用完全属于人形的上半身泅泳出海，流出的血在海面上拖得长长的。

"这次，他们是真的不再回来了。"

阿黄伯被抬进救护车的最后一刻心里这样想。他而且看到，码头上排列着一行一行人鱼的下半身的尾鳍，而码头上的工人不知道，正用巨大有尖刺的钩子，把人鱼的下半身——拖走，带到鱼市场去出售。

这是我常去的岛屿南端海港城市的传说，夜晚喝酒，从八十五层大楼眺望，远远的海港似乎仍可以幻想，正有一只一只人鱼，在混浊的夜色里泅泳回来……

CHIANG HSUN

LEGEND

傳說

编者按

一九八六年一月二十五日，邹族十八岁少年汤英伸要求回部落参加祭典，与汉族雇主冲突，雇主扣押少年身份证，少年暴怒，失手杀了三人，被判死刑。社会各界发起联署，要求缓刑特赦，未果。一九八七年五月十五日凌晨执行枪决。

枪手与少年的对话
——悼汤英伸

枪手抬头看天，四面绝望的高墙，只有一朵流浪的云偶然停驶在天上。

枪弹"咻"的一声划破清晨的寂静……

从枪的膛管里出来，经过剧烈的摩擦与旋转，那颗子弹，带着炙热的温度，"咻"的一声，从枪口窜出。

早晨清冷的空气，虽在初夏，还使人寒栗。

子弹似乎因为高度烫热，被冷空气一激，急于找一处避冷，便飞快窜进前面一个站着的人的身体中去了。

子弹从他背后左肩胛骨的下方旋转穿进，因为被坚硬的骨骼阻挡了一下，力劲减弱，便恰巧带着最后一点强弩之末的力度钻进了心脏。

身体因此立刻仆倒了。

子弹安静地躲在那犹自悸动着的心脏中。一颗被柔软、温暖、涌动着新热血流的心脏包裹着的子弹，子弹是坚硬的，好像钢铁的船只，驶进了微浪起伏的温暖的港湾，在心脏的正中央栖息着，像睡眠中的婴孩，被四周温热的血流静静抚拍着。

仆倒的身体是一个少年，脸颊贴着冰冷潮湿犹带着清晨露水的土地。

好像睡着了一样，犹有安静均匀的呼吸。

他的眉宇俊美极了。眉毛从高高的鼻梁顶端分开，整齐地向两边偃伏着，像梳理过一样，长而英挺地横过眉骨的部分，尾梢微微上挑，斜入干净平整的额角。

也许，因为枪弹穿入心脏的刹那，使他受了惊诧吧，他的眼睛，是张开的，似乎在询问的表情。眼中有潮润晶莹的泪，像早上灰色的黎明的光，流动汇聚在眼角，然后，涌溢而出，滑过高高山脉一样的鼻梁，停止在歪斜的脸颊上。

黎明净洁的初日的光，照着他似乎在睡眠、也似乎在询问的脸上。仍然红润饱满的唇，也微微启张着，也是在那枪弹一刹那穿入的时刻，忽然被惊愕了，似乎要再问一句：

"为什么？"

"为什么呢？"

整个少年的俊美的脸庞，在初日如死的安静中只是一个疑惑的询问的表情。

那微微开启的饱满红润的嘴唇，四周有细柔初发的髭须，带着点滴细小的汗粒，似乎犹在呼吸。

泪水静止在脸颊上一会儿，然后，慢慢地滑落，掉在泥土上，渗开一小朵水花，潮湿的，不容易察觉。

"好了吗？"有人问。

"好了。"

那枪手回答。

寂静的早上五点许的时光。

天地都寂寞着。四周附近的人家犹在酣睡中。

枪手看了一下手中的枪。沉重的枪，好像因为少了一颗子弹而越发沉重了。枪手觉得有些奇怪，便举起枪来，眯起一只眼睛，对着枪口，望进那黝深黑暗的枪管中去。

枪的膛管好像一条极长极长的隧道，没有尽头，一片黑暗，充塞着听觉上嗡嗡的回响。

枪手感觉着在那漫长的隧道中拼命走而走不出去的寂寞和沮丧。他一路跑一路大声唱歌，为自己的孤单壮胆，可是，四面都是窸窣的回声，好像嘲弄他的胆怯和仓皇。

"我走不出去啊！我走不出去啊！"

他大声叫着。声音极凄厉，像绝望的掉在陷阱中的兽的嗥叫。

但是，那黑暗黝长的枪的膛管，竟然如最缜密恶毒的符咒，如何走也走不出去啊！

五月十五日。

那在凌晨五点三十分枪决了一名少年的枪手，兀自站在土城看守所高墙围绕的空地中。

用石块砌叠而成的高墙，四面封闭着，高高的，遮挡了外面一切的楼房屋宇，连最高的电线杆、电视天线也看不见，只有四面光秃秃的墙，直直壁立起来。

枪手抬起头，只能看到头顶一小方黎明的灰蒙蒙的天，一朵特别白的云静静停驶在方方的天的中央。

他回忆了一下，方才刹那间被枪管的魔咒魇住，是从未有过的可怖的经验呢！

他似乎犹在梦魇的昏眩之中。看见近在咫尺的土地上，那仆倒着，如在沉睡中的少年的身体，身体四周有一些乱开的墙角野花，怒丛丛的。

少年仆倒时，左臂佝偻弯曲着，压在左胸下。

枪手看了一会儿，便走过去，帮助少年把手放平了，并且，把少年拳曲的手指一一掰开。

也许，因为那子弹穿入的刹那，惊吓太烈，少年的手攥得极紧，指甲都有点抠进肉里去了。

枪手细心地舒松了少年的指节，按摩了一会儿，才把拳曲的手指伸平了。不料却意外从张开的手掌心掉下一物，枪手捡起来看，是一枚银质的十字架，受难的耶稣歪斜着头，垂吊在十字架上。

"很重呢!"枪手拿在手中掂了一掂。

"比一颗子弹的重量如何?"

"比一颗包裹在心脏中的铅质的子弹的重量如何?"

少年微启的口中连续问了两次。

枪手笑了,他有一口洁净的白牙。

"你在说笑呢——"枪手说,"他们说,这是为了惩罚你们杀死吴凤的罪愆。"

似乎少年在仆倒的姿势下很难说话,便索性坐了起来,拍拍身上的灰土,好像沉思什么事,静坐了一会儿。

"吴凤是一个高头大马的男人,你知道吗?"少年用手比了一下,"他通我们邹族的语言——"

"那鲁洼吉——他和我们的祖先说话,那鲁洼吉,卡宾打——"

"什么意思?"枪手问。

"不知道——"少年摇摇头,"太久远了。祖先们都已化成了灰,只有他们巨大的白齿悬挂在达邦特富野的祭坛上。"

"为什么是白齿呢?"枪手问。

少年没有搭理他,他继续说:

"以后有许多叫吴凤的人来,说'那鲁洼吉'。那鲁洼吉,有时候是一千张鹿皮,有时候是五百头野猪,有时候是女人。他们说:那鲁洼吉,便带走了我们的女人。他们说:那鲁洼吉,我们的男子便去做修路和跑船的苦力。他们说:那鲁洼吉,我们的少女便做了娼寮的妓女。

"有许多叫作吴凤的人来，他们说：那鲁洼吉，用摄影机拍摄我们脸上的刺青，并且，把我们的村子也改名叫作'吴凤乡'。"

"啊——是的，"枪手恍然大悟，"昨天我接到通知，我复查了一遍，你的住址是吴凤乡——你知道，你是第一个交给我行刑的工作，我很重视呢。"枪手有一点腼腆地说。他并且看见少年背部左肩胛骨下方子弹穿进的洞痕，衣服四周有烧灼破裂的痕迹，他便下意识用手抚平了一下，使弹痕不那么刺眼。

"不要遮掩，随它去吧！"少年回头向枪手笑了笑。他看到枪手右手拿着一把枪，左手拿着一枚银质的耶稣受难像。

"那是我的。"少年这样说。

"我输你了，到现在还记得。"枪手笑了笑。把耶稣像递给少年。

"你可以留着它。"少年说，"枪，和十字架你都可以留着。"

少年温和地笑了笑，便又仆倒了，他的头靠着墙角怒生着的一丛丛野花，安静地沉睡了。

早上六点还不到。

"这样匆匆的对话太短了。"枪手想。但是显然少年不愿意再醒来了。

枪手抬头看天，四面绝望的高墙，只有一朵流浪的云偶然停留在天上。

一九八六年一月二十五日邹族十八岁少年汤英伸要求回部落参加祭典，与汉族雇主冲突，雇主扣押少年身份证，少年暴怒，失手杀了三人，被判死刑。社会各界发起联署，要求缓刑特赦，未果。一九八七年五月十五日凌晨执行枪决。我彻夜无眠，记下这篇小小故事，或许将为岛屿增添一则新的传说吧。

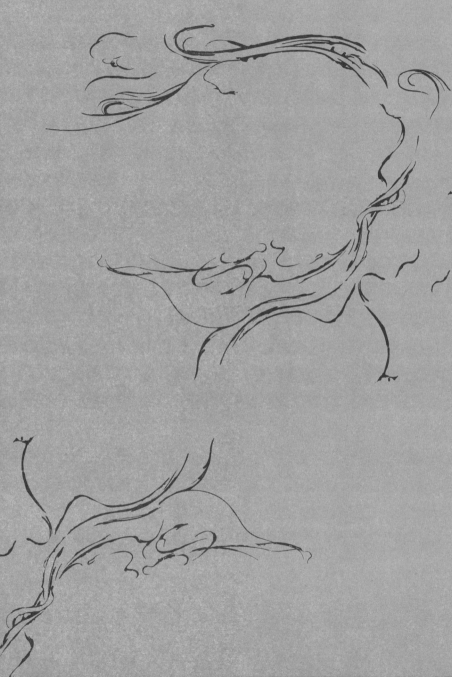

CHIANG HSUN

LEGEND

傳說

凡音者，生人心者也。情动于中，故形于声，声成文谓之音。是故治世之音安以乐，其正和；乱世之音怨以怒，其正乖；亡国之音哀以思，其民困。声音之道，与正通矣。

——《礼记·乐记》

濮水之音
——一个关于亡国的传说

当乐曲终止，平公长长喟叹了，便是这样的音乐，要使人断送了江山，断送了现世的一切利益啊！他觉得自己衰老了，衰老到只有在这琴声中找回生命的激奋与昂扬，他想告诉师旷这感觉。

卫灵公往晋国去，到了濮水，已是傍晚，便在水边歇息了。

夜里太静，水声喧哗，仿佛各种纷争吵嚷，互不相让，灵公几次辗转起坐，仍不能平安睡去。

直到那琴声响起，众水的喧哗才静下去。

只是玲琮几声，万籁都寂静了。

是琴声吗？灵公并不十分确定。他披衣而起。月光在窗隙游移，反映着河水汤汤，一屋子皆是晃漾的水月的光华。

琴声再起，这次灵公确定是琴声了，他细细听着。

怎么可能是这样的琴声呢？好像手指纠缠着丝弦，好像从心底拧出的哽咽。灵公魂摇神驰，赶紧敛襟端坐，调整呼吸。

琴声忽而息止，仍旧是水声喧哗。

灵公静坐一会儿，移身向窗外窥探。

外面并无一人。

月是近十五的月，河汉澄澈，通天通地一片月华，照得如白昼一样。

近侍中懂鼓琴的只有师涓一人。他怎么在这夜半鼓琴，这琴声也不像他平日的作风啊！

灵公击掌，召来门外的侍卫。

"方才谁在鼓琴？"

"鼓琴？"侍卫有些纳闷。

"很悲凄的琴声。有人在河岸上鼓琴吗？"

"没有啊！河岸上一片空旷，月亮照得如白昼一样，连一只野兔也藏不住，何况是人呢！"侍卫觉得有必要分辩自己的尽忠职守。

没有？灵公讶异了。那样的琴声，使众水的喧哗都沉静下去，仿佛扭拧着心的哭泣的哽咽；任何人听了都不能忘记，那琴声，竟不是这世间的声音吗？

"像神鬼的哭泣……"灵公试图说明。

"没有，"侍卫果决地摇摇头，"夜太静，没有任何声音可以隐藏。"

"啊——"灵公心里极度不安了，"若真是鬼神所托的吉凶，是该召人来占一占啊！"他这样想。

"召师涓来吧！"他命令侍卫。

师涓在熟睡中，听到有人唤他。他径直坐起，匆匆披了衣服，往灵公的寝室奔去，半路上撞见侍卫，侍卫说，灵公有请。师涓也不回答，一路进灵公房中去了。

"师涓——"灵公迟疑了一会儿。

"是。"师涓像在倾听，又像在鼓励灵公把话说出来。

"我听到琴声，从河水的喧哗中琤琮而起，比月光还静……我觉得不安，那琴声——"

"是。"师涓鼓励着。

"侍卫听不到——"灵公空茫地望向窗外，月光在窗隙游移。

流转的月光使人的脸泛着青白，师涓笑了。灵公不常看到他笑。这一向木讷的乐工，连在最欢愉的乐舞中也不见笑容。众人说他是卫国最无才的乐师，鲁钝呆板，从无好的创制。灵公一直留着他，不觉得有太大的不安，至于制乐的好坏，灵公不以为是一件太值得分心的大事。

然而，师涓此刻的笑，却是灵公完全陌生的。那笑容里藏着慧黠、机巧，像是卜者，彻悟了一切，带一点凄怆的笑。

"我想，那是鬼神之乐吧！"

"是。"师涓兀自笑着。

"你在这里住一夜，记下那琴音。"

"是。"师涓灿笑了。好像是意料之中的事，好像多年的等待，忽然得到了结果。这灿亮美丽的笑容，不是这鲁钝的五官所有的，仿佛来自一个鬼魅的世界，使一切的鲁钝木讷，受神鬼的驱遣，要焕发出动人的光彩。

灵公匆匆走出寝室，因为不安，一人在岸边徘徊，到三更时分，才依石假寐了一会儿。

黎明初起，月华换成了灿亮的朝暾。水上粼粼波光，使那争喧的流水，看来有一种新生的踊跃。灵公撩水湿了面颊，又在水面看了一下自己的面容。但是水流太急，他只看到一个模糊破碎的人影，在水中摇晃流逝。

黎明使灵公有一种新的兴奋。清新的空气，树间鸟雀的啁啾，都使他感觉到蓬勃的朝气。

他伸展筋骨，打了一趟新学的练导引的拳法，心身俱觉舒畅，夜里蹊跷的事也几乎都忘了。这次到晋国，与显赫天下的晋平公聘问修好，是件大事，可不能稍有差错。

他于是唤人沐栉梳洗，伺候早膳，准备向晋国出发。当师涓苍白疲惫地从寝室出来，灵公也只是问了一句："记好了吗？"见师涓木讷如往昔，手上捧着记录的琴谱，灵公在匆促奔赴的心情中，也没多问，便下令队伍出发了。

灵公一行到达晋国时，受到了平公热烈的欢迎。盛典设在宫门外的高台上。高台四周旌旗戈矛如林，席间觥筹交错，宾主都十分尽兴。

酒过几巡，晋平公觉得酣热起来，看着戈矛刀戟如林，旌旗随风招展，却在上升的酒意中感觉着莫名的空虚。戈矛刀戟如林又如何呢？四方的朝奉宴飨又如何呢？他感觉着日甚一日衰惫下去的臂膀，以前可以扯开一只小牛的，近年来，却连张弓也有点吃力了。

平公抹去唇须上沾着的酒沫，他的手，有一点不克自制的颤抖。内侍捧来盥沐的盘，他洗了手，却不期然在金黄净亮的铜盘中看到了自己："在乱世中争逐奔波，真的憔悴衰老了啊！"他感喟着，带着酒意，一时以盘作鉴，竟在国宴上揽镜自伤起来了。

卫灵公对平公充满了好奇，这不像他想象中的平公——龙争虎斗，骁勇兼智谋的国君。他望着这在国宴上有点失态的老人，想象着传说中的晋平公的威名——继位的第一年就打败了南方强大的楚，接连数年，又把东方的大国齐逼得喘不过气来，纠合诸侯，一匡天下，这盛极一时、人人崇仰的晋平公，原来只是个带点孩子气的老人罢了。

看来，这一方之霸是已经衰老了。灵公这样想，他像审视一个强敌那样细细观察平公的种种：他花白的胡须鬓发，他有点佝偻的身体，他颈下松弛的皮肤，以及他颤抖而不克自制的手……

灵公有一点高兴，这次聘问前的紧张消失了，他知道晋平公已在衰败的暮年，不再是自己的敌手。他看着这在国宴上怔忡失神的老人，假想中对威胁的戒备完全落空了，竟也感觉着些许的失望。

钟磬的声音自场外响起。平公从怔忡中醒转，张望了一下，看到乐工列队而立，在钟磬上试了几音。

是献乐的时候了，平公侧倚几案，缓慢雍容的典礼之乐，自四面响起。

平公细细分辨，丝弦在颤动、鼓声沉沉、金属和竹管不同的声响。但是，逐渐他分不清了。万种不同的音色与节奏，在冥冥中有一种默契，是呼应，是对答，是唱和，是云在风中的缱绻流连，雨在叶隙的穿打流荡；是水在石上的潺湲，海浪一次又一次不息的追逐起伏，是星辰永世永年的盘桓流转；"啊——"这斑白老去的晋平公惊叹了，"怎么一世无敌手，却每每在音乐中无法自制了呢？"他恐慌着，却也兴奋着，觉得是前所未有的挑战，一个雄霸天下的国君，要以他一世的英名，与这呼风唤雨的音乐决一胜负啊！

他看看灵公，正襟危坐，是一个青年有为的君王，在典礼之乐中有一种肃穆的表情。平公意识到自己在国宴上的放纵，苦笑了，没想到自己却在音乐中沉迷至此。

"这都要感谢吴国叫季札的那个小子。"他这样想。

平公继位的第十四年，吴国的季札到了晋国都城。这个四处听乐的青年公子，已经是传闻中的名人了。他用音乐来判国邦的兴亡变灭，屡有证验，颇给时人一种震惊。晋平公当时正是盛年，对这种吉凶之卜并不热衷。季札在晋国住了不短的时日，平公也数次召见，示以晋国之乐。但是，奇怪的是，一直到走，季札也并未透露任何他听到的征兆。然而，数年之后，季札所判"晋政卒归韩赵魏"的流言，却终于传到平公耳中去了。

平公对这样的流言，公开表示他的不屑："不过是下流术士的玩意儿吧！"

但是，那年轻安静的季札却如何也不像一个下流术士。他听乐时的专注，甚至给平公很深的印象，像一个临阵的将军，有着不可侵犯的端肃，旁观的人不禁要相信，季札真的听到了什么。

平公虽然不屑于流言，却越来越沉迷于听乐了。他召来了四方知名的乐手，终日与钟鼓管弦为伍，彻夜笙歌，他在音乐里感觉着前所未有的兴奋。

"都是季札这小子！"他对季札，竟然有近于感谢的心情呢！多年来，在音乐里，平公得到了战争、荣耀、财富都不能替代的快乐。

"其实，音乐中也有比征战更惨烈的杀戮呢！"有一次，他把感觉告诉师旷。

他把师旷延揽为首座乐师已经有好几年了。这个自幼瞎掉的瞽者，是当今最杰出的乐工了。

"音乐中也有和平，主公。"师旷总是这样回答。除了制乐，师旷也常和平公谈一点乐理，那些话，平公并不十分了解，只是觉得仿佛像季札说的话。

乐曲在师旷击敔声中结束了，平公张望了一下，看到师旷犹自捧着击敔的木籈，一脸肃穆，仿佛雕像。平公觉得师旷的脸像某地的风景，苍丑而皱缩，但是，似乎是荒古苍丑到了极致，反给人一种不可言喻的美丽之感。

"啊——有新谱的曲子，请为公一奏。"

卫灵公想起在濮水命师涓记录的乐曲，一方面想给陶迷于音乐的晋平公一个新奇的礼物，让他知道卫国也是有音乐的，另一方面，他也很想测试一下这鬼神之乐给晋国上下的吉凶反应。

师涓受命，在台上置了琴，奏起濮水之音。平公也召师旷上台，在师涓左侧受教。

师涓一抚手，琴声玲琮，右指弹捺，左手迅速移了几次琴柱，脸上即刻现出了奇异的笑容。灵公觉得心里扭拧不安，他又想起濮水的夜晚，师涓的笑容，"这乐曲中真是带着鬼魅的气息啊！"便赶紧敛袵端坐，使琴声的哽咽在调息中慢慢平复了下去。

年老的平公也惊动了，这是第一流的乐手啊！他的指竟不在弦上。平公以为眼花了，揉了揉眼，再定神去看，师涓灿笑着，那手指如花，在弦上飞扬撩拨，而那弦，却沉静如死。

"琴声是从哪里来的呢？"平公喟叹着，忽然仿佛听到了一直在寻找的证验，是季札在音乐中听到的，是生命中不可勘破的一种注定，是美与死亡的结合，灿丽中带着悲凄。他听着，听着……

"啊——请停止了吧！"

师旷苍老但稳定的声音，像洪钟巨镛，一下子震断了扭拧哽咽的琴声，四周一片死寂，众人都望着这颇失礼仪的晋国首座乐师。

平公看到卫灵公显然不悦了，便严厉地责问师旷：

"为什么打断鼓琴呢！"

"这是亡国之音啊！"师旷忧戚地说。

师旷的眼瞳上蒙了厚厚的白翳。他惯常扭曲着颈脖，用听觉来分辨事物。此刻，他却因为极度的恐惧忧戚，直直盯视着师涓，他竟然看到了，师涓一脸灰白，额上渗着汗珠。

他看到了，一个披头散发、乐工打扮的人，背靠着师涓，转头向他灿笑着。

师旷极度惊惧了。他看到天上燃烧着熊熊的大火，人马都在嘶嚎。许多人彼此践踏着，从大火中冲出。

他看到一个乐师，头发着了火，在人群中狂奔……

师延、师延，商纣朝中最好的乐师！师旷看到了！这样褴褛，焦黑的额头，塌断的鼻梁，枯如木柴的手臂，夹着那不肯放弃的一张琴，向东狂走……

师延自投于濮水——人们这样传说。

"是在濮水上听到这乐曲的吧？"师旷问。

"是。"师涓木讷地说。

"这是亡国之音啊！主公。"师旷小声地说。

"是吗？"平公迟疑了。

卫灵公却极度不悦了，他觉得晋国大大失礼了，便高声说："两国聘问，献乐不可中止。"

平公觉得这年轻的君王有一种咄咄逼人的神情，但是，他并不畏惧，他还在努力思索方才在音乐中几乎要听到的什么，是一种悲凄与华美的极致，那里面，似乎隐藏着自己的命运，他一直想知道的。

"师旷，不可失礼啊！"

师涓于是受命继续鼓琴。

琴声才起，师旷又见到那塌断鼻梁的师延，背靠着师涓，灿笑着，真是一流的好乐工，他的手指长而纤细，如花一般。

卫灵公敛衽端肃而坐，好像在抵抗琴声。平公却全然沉醉了，他酒醉的脸上发着激奋的红光，随着琴音，有忧愁、愤怒，巨大的狂喜，一切都不克自制了，师旷担忧又怜爱地看着这年老的主公。

当乐曲终止，平公长长喟叹了，便是这样的音乐，要使人断送了江山，断送了现世的一切利益啊！他觉得自己衰老了，衰老到只有在这琴声中找回生命的激奋与昂扬，他想告诉师旷这感觉。

"师旷——"他叫道。

但是，师旷用那样一双蒙着厚厚白翳的眼睛一动也不动地看着他，平公觉得被责备了。

"师旷，我只是爱听琴啊！"平公这样辩解着。

师旷的眼中忽然流下了泪水，他看到师延背靠着平公，仿佛在轻声叹息。

平公觉得师旷太失态了，这是国家大典啊，而且，那虎视眈眈的卫灵公正在目不转睛地冷眼旁观啊！平公想要斥责师旷，却又看到师旷一脸泪水，在苍皱崎岖的脸上纵横着，心里不忍，便转换了话题，想避开这尴尬。

"师旷，这曲子有名目吗？"他问。

"清商之曲。"

师旷看到师延从平公背后腾起，飞跃在天空，头发沾着大火，披散开来，满天都是血一样怒红的残霞。

"清商是最悲的曲子了吗？"平公说。

"不，更悲的应当是清徵了。"

师旷看到熊熊大火，人们彼此践踏着，争先爬到台上来，围坐在平公四周，像等待听故事的儿童，专心地看着平公。

师延哈哈大笑了，他的笑真是有一种力量，华丽灿亮中带着悲凄。

"师旷，我要听清徵。"平公说，他对灵公一味地装腔作势，有些不耐了，而酒意涌上来，使他觉得要任性一下。

"不，主公。"师旷害怕了。他看到觞斝中的酒变酸了，食物发着馊臭的气味。那些巨大的鼎彝生满了斑驳的绿锈。他看到高高的纛旗从城楼上断折下来，几案上满是尘土……

"主君德薄，不宜听此悲音。"师旷还想坚持。

"愿聆贵国新曲。"卫灵公却开口要求了。

师旷于是受命，演奏清徵。

清徵始奏，有玄鹤从南来，停栖在廊檐上。

琴声再转，玄鹤自四方群集，几乎蔽满了天空。

群鹤鼓翼而舞，舒颈长鸣，声震九天。

平公忘情了，大声呼叫，涨红着脸孔，挣断了冠带，击打着几案，他觉得自己也是一鹤，要在这夏日灿丽的黄昏残霞中，振翼长啸，翱翔四宇。

琴声与啸声互应，夹着千鹤万鹤的长鸣，达于巅峰，戛然而止。

"啊，师旷，我为你斟酒。"平公兴奋地为师旷满满斟了一觞。

卫灵公旁观着，这年老的晋平公竟以国君之尊，给一个瞎乐工斟酒，灵公觉得对平公有些轻蔑了。

师旷举觞一饮而尽。把觞放回几案时，却看到几案的木缘皆已朽烂了。高台四周长起一人高的蒿草，荆棘杂着黍麦一起生长，狐鼠作穴。

师旷也看了看座上的宾客，卫灵公以轻蔑的表情端坐着，但是，顷刻间，宾客皆化为骷髅，他们依然寒暄应酬，露齿而笑，为这至美的音乐啧啧赞叹。他们也频向师旷敬酒，并且似乎担心师旷看不见，便特意提高了声音，使师旷可以分辨方向。

"师旷，音莫悲于清徵了吗？"平公大醉了。他已经浑然忘了国宴。他经验了前所未有的快乐，在这漫天怒红的黄昏，在这四面悲风的高台上，他似乎在回顾野心、杀机、欲望、荣耀、胜负，而这一切，都不如那清徵之声啊。

"主君，还有清角。清角是最悲的了。"

师旷看到卫灵公一行皆已离去。旷野高台，只有他与平公对坐，好像要商议一件大事。

"师旷，你为我奏清角。"

"是，主公。"师旷伏席，深深一拜。

师旷奋臂挥扫，四野皆起狼嗥。夜枭的眼睛，在近处岗阜上闪烁。

师旷急遽而热烈地喘息着……

云从西北来，像怒卷的马鬃，呼号啸叫。

顷刻成雨了，乌鸦在树槎间惊飞聒叫。

师旷震颤着，须发髭张……

风裂了帷幕，在空中飘扬，廊瓦自椽木中飞出，坠地破裂，器皿一一从案上飞起，在空中爆开粉碎了……

据说，清角奏完，晋国大旱了三年。

最早传述这个故事的韩非子，对晋平公这种耽溺音乐的行为是不赞成的。他记录这个故事，便是要后人引以为鉴戒。也许因为如此，清徵、清角都听不到了。

新近从濮水回来的人说，在水上宿了一夜，梦魂所牵，又听到了鼓琴声。但是，城市居民都不相信，这人孤独异常，得了病，此后不知所终。至于他和濮水之音的故事，除了饭后闲暇，观看电视之余，偶尔还为一二人提起嘲笑一番，也逐渐为人淡忘了。

CHIANG HSUN

LEGEND

傳說

暮春者，春服既成。冠者五六人，童子六七人，浴乎沂，风乎舞雩，咏而归……

——《论语·先进篇》

传说春天沂水的一则神话

孔子歪斜着睡着了，然而睡梦中这么多惊恐。他有些惦记那册叫作《春秋》的书。

沂水两岸多银杏树。银杏的叶子半圆形，像一把张开的折扇，底下还带着一根长长的柄。

叶缘的弧形非常整齐，像人工裁剪出来的一样。

有几个小孩在远处追逐。

有几个少年站在银杏树下。他们抬头向上看。春天新绿的银杏的叶子，透着亮丽的阳光，掩掩映映，像一把一把金色的扇子。

"像扇子吧。"

他们已经褪换了冬天厚重皮毛棉袄，穿了白色棉布的轻便夹衣，衣襟上也都是银杏叶扇形的图案。

刚刚褪去了冬天厚重的棉袄，身上好像忽然轻了好几斤，每个人走路都轻盈跳跃。

从箱底取出的夹衣还有折痕。细心的人用手去抚平，才发现衣襟上都是银杏叶扇形的光影。交叠的层次不一样，深浅也不一样。风一吹动，树隙的光也晃漾起来，衣襟上便似乎忽忽几百把扇子飘飞起来了。

"像扇子吧！"

大家都笑了。

上游冰雪融化，沂水暴涨了，哗啦哗啦，一直漫到岸边人家的墙脚跟了。

有几个孩子在远处追逐。

曾皙在弹琴。他在少年中看来是最年少的。他看同伴们换穿了夹衣，露出雄厚的男子的胸背，便觉得自己身形的年少，有些腼腆了。

"子路甚至有了络腮胡呢！"他这样想。

那络腮胡从鬓角一路盘旋，黑茸茸一片，一直长到脖凹。他也不怕冷。连夹衣也脱去了，赤膊在溪水中游了一会儿。潜了几次水，像鸭子一样在水中倒竖起来。他又在河岸浅湾处抓鱼，噼里啪啦，水花四溅。鱼儿没有抓到，他仰躺着漂向河的中流去了。

老师孔子在较远的一棵树下，歪斜着睡了。他刚编纂完《春秋》。这个工作使他头发几乎全白了，背也有点佝偻。

他原来是壮硕的。在周游列国的时候，仆仆风尘于旅途中，吃非常粗糙的干粮，也没有舒适的地方歇息睡觉。在战乱频繁的时候，甚至要送掉性命。有一次在郑国的边境，一支利箭不就忽地一下射在车辕上吗？

而此刻，他在睡梦中。

有几个孩子在远处追逐。

他梦到春天的沂水，两岸都是青绿的银杏树。银杏树像扇子一样的叶子。沂水里泅泳的是子路，岸上弹琴的是曾皙。树下有几个无事的少年。

"我能够做什么呢？"

他在梦中深深地喟叹了。

在每一个边境上都奔忙着防哨骑警的军士。马匹无端嘶叫踢踏。刀戟戈矛闪着亮光。一列一列森严的卫士虎视眈眈。

他们在边境上筑了许多高台。把俘虏来的邻国的军士百姓，高高吊在台上的木杆上。麻绳勒着脖子，眼球凸出，舌头吐得长长的。有的似乎已经吊了很久，身体多处溃烂，露出下面白白的骨骼。

"别人嘲笑我像一只丧家之犬呢！"他常常无端在那些死尸下自嘲地笑了起来。

因为这个联想，使他每次经过城墙边，看到无家的、生着癫皮的瘦瘦的狗，竟仿佛因自怜而有了某种同情。他也特别留意过那狗的卑屈躲闪的眼神。被人用木棍石块重重击打，或用脚粗暴踢开时，那狗带着尖锐凄厉的叫声，夹着尾巴跑开。

"阿点啊！"他叫唤曾皙的小名，他说，"给它一点干饼吧！"

曾皙有点犹豫。他们只有干饼了，而且数量不多啊！但是，他依吩咐拿来了饼，用手掰碎了，撒在地上。那狗，起先有点畏惧。试探了一回，便大胆前来嚼食了。

那条狗后来跟着车子走了很长一段路。在一无所有的大平原上，一条瘦脊脊的狗，不远不近跟着车子。

孔子不断回过头看。有时被隆起的山丘遮挡，以为它不再来了，不想攀上了丘顶，又看见那瘦脊脊的影子，不远不近，蹒跚跟来。

孔子从来没有那么沮丧挫折过。他有好几天不唱歌，呆呆看着天上的云。

有几个孩子在远处追逐。

子路拣了几块扁平的石头，度量了一下重量。他弯下腰，用右手斜斜地将扁平的石头打到水面上。一个、两个、三个，一连串细碎的水漂连成一线。

"左近一个小国荒年歉收。齐、晋都送了粮食去。当然也有军火。他们争相支持一个新的政权呢！"子路说。

"卫的国君偏宠一个妾，宫中外戚擅权，军士们很不服呢！"子路说。

"但是，公西华呢？"

孔子忽然想起那个在聘问修好的外交会议上仪表出众、词锋锐利的学生来了。

然而，公西华太忙了。他好久没有时间在这沂水里沐浴，在这银杏树下睡一睡午觉了。

"然而，那不是儒者的本色吗？"

子路用竹枝做箭，做了几个战技的动作。他魁梧极了，像一只刚长成的小牛犊。脸色赤红，方整的下颌，一圈络腮胡。胸腹的肌肉一块一块，像铁铸的一样。

银杏扇形的叶子也撒在曾皙的白色夹衣上。但是他自己不知道。他抚琴，唱了几段歌。歌是沂水一带山村里俚俗的曲子。

他把袖子捞到肩上。他的手臂十分纤长，与子路的粗壮的男子的手臂不同。他的左手按捺在琴弦上，右手拨了几下。

隔岸有桃花。桃花如火。他唱的俚俗的歌便是那山村里人家唱的。女子穿蓝布衫裤，走到田陌间。三两家屋宇，门前有井和桃花。黄狗来回追逐一只鸡。鸡生完蛋之后就飞上短墙，咯咯咯啼叫一番。

"阿点啊！"孔子忽然坐起来说，"你说，你最想做一个什么样的人？"

有几个孩子在远处追逐。

银杏树下穿白色夹衣的少年们不知何时走了。

桃花竟纷纷落了。

子路击剑，吆喝的声音一直传到对岸。对岸的狗便一一吠叫了起来。

孔子在睡梦中有些不安，几次惊悚。仿佛是在陈、蔡被人包围。四处都是火光、箭矢。

他又看见了高高杆上悬挂着溃烂的人的尸体。有一只鸟，停栖在尸体的头上，俯下身叨啄死人的眼睛。

荒原上无家的沮丧的狗。

四处都是战争，然而，春天还是来了。春天在隔岸的山村里开成了桃花。春天使银杏开出一瓣一瓣扇形的叶子。桃花有一朵掉下来，落在曾晳的琴上。曾晳便停了琴，听见沂水哗啦哗啦的声音。

听说商人们十分贪婪，他们已勾结起新贵的政客。宫廷里酝酿着一次政变，军头们联络了外国，要变旗号。

可是农民们的作物销不出去呢！年轻的山村里的女子都唱着小曲站在街上卖淫了。

孔子歪斜着睡着了，然而睡梦中这么多惊恐。他有些惦记那册叫作《春秋》的书。

"你想，一本书可以使那些贪婪的商人、野心的政客们惧怕吗？"

他的学生们这样嘲笑着。

"但是，我能够做什么呢？"

他周游列国的时候想到的是政治的改革、诛杀乱臣贼子；然而，回到鲁国之后，他想到的是礼乐典章，用文化建立起一个昌盛文明的民族，删诗书、制礼乐，使千秋有所典范啊！

"但是，此刻，此刻我能够做些什么呢？"

他陷在极深的忧虑中。

"阿点！给它一些干饼吧！"

他在睡梦中这样叫唤。

桃花落在曾皙的琴上。曾皙停止了琴，听见流水汤汤。他也脱去了衣服，走去浮满桃花的河中泅泳，桃花在他身体四周起伏回旋。他缓慢地游向河的对岸，对岸田陌纵横，有两三家屋宇，门口有井与桃花，女子唱俚俗的山歌。

"至于春天呢？"

孔子这样想。

春天在战争的年代，不过是一则短短的神话吧。

有几个孩子在远处追逐。

他们朗诵着：

"暮春者，春服既成。冠者五六人，童子六七人，浴乎沂，风乎舞雩，咏而归……"

《论语》中有趣的传说不多，只有这短短一段，讲季节，讲河流、讲风，讲到游泳、舞蹈与歌唱……

CHIANG HSUN

LEGEND

傳說

本文原为一九九九年蒋勋录音整理。

永远说不完的故事

其实解开情结的关键不是答案，而是听故事的过程，当你从神话这面镜子的反射中看到自己的原型，你就能读懂自己，对宿命也比较不容易慌张了。

一九八八年，我写了一系列的神话故事，集结成为《传说》。对于神话我始终没有忘情，还有好多个故事想写，于是又陆续写了四篇，成为《新传说》。

我喜欢神话传说，总觉得每个民族的神话传说里都包含了很多、很深的东西。

和其他文学不一样，神话、传说在口口相传的过程中，难免会"添油加醋"，每个说故事的人都变成传说的创作者。

我们都听过"嫦娥奔月"，但是每个人说的"嫦娥奔月"都会有一点不同。可能我叙述嫦娥奔月的故事时，会着重在嫦娥的寂寞、孤独，所谓"碧海青天夜夜心"；换个人来说，可能就会着重在嫦娥和后羿的爱情。神话在口传故事的发展过程中，会不自主地带进叙述者的性格取向，包括外在和内在的性格，使故事听起来更加扑朔迷离。

燃灯佛的因缘

神话传说虽然都是很老很老的故事，可是往往会因为某一个机缘、某一个人，发生新的意义。

在《新传说》中，我写善慧《借花献佛》的故事，就是因为一个特殊机缘。"借花献佛"这个成语耳熟能详，这个成语是来自印度佛教经典，指的是福气分享的过程。

故事描述一个聪明俊美的小沙弥，叫作善慧（这个名字有很多种不同的翻译，"善慧"是较常见的译名），他四处求道，参加法会论辩。有一次，他赢了一场论辩，得到一些奖金，就带着钱进城，听见整个城市在传说着："燃灯佛要来了，燃灯佛要来了！"他很高兴；对信仰者来说，一生中得以接触燃灯佛是很难能可贵的机会，也是很大的功德福报。

燃灯佛是用自己的肉体去燃灯的佛，现在我们可以从很多佛教绘画中看到他的姿态：用手指燃烧着灯火，用肉体燃烧，照亮整个世界。汉字的"燃灯"两个字太美了，往往让人忽略了它的本意有很强烈的肉体上的苦痛，与"割肉喂鹰""舍身饲虎"一样，都意涵一个舍身的过程。

当善慧这么一个天真无邪、聪明俊秀的小沙弥，看见城里到处都是"欢迎燃灯佛"的字句，他心想，燃灯佛来了，应该去找些莲花供养（用莲花供养神佛菩萨，是印度人的习惯），可是他在城里找了好久，一朵花都找不到。一问之下才知道，因为国王想要把供养燃灯佛的功德都归于自己，早就把城里花店的莲花搜刮一空，就连河边生长的野莲，也派卫兵守着，一般人难以接近，所以大家都买不到花。

善慧觉得沮丧，好不容易有机会接近燃灯佛，却没有花可以供养。他垂头丧气地一个人在城里东走西走，忽然看见巷弄里闪过一个人影，是一个很漂亮的小女孩，手里还拿着七朵莲花。

他赶紧追过去，拦住小女孩。小女孩看到有人出现，吓了一跳，怕是碰上歹徒要跟她抢花。当她看清楚善慧俊美、和善的模样，她才放心了。善慧把论辩赢来的金币全掏出来，对小女孩说："我想用全部的金币买你手上的莲花。"小女孩说："不卖，我好不容易才得到这七朵花，这花是为了供养燃灯佛的。"小沙弥听了悲喜参半，好不容易看到花却不能买，又不能强人所难，因为小女孩拿花也是要供养燃灯佛。

善慧的表情很难过，好像要哭的感觉，小女孩看了也很过意不去，就答应要分给他五朵，留两朵给自己，一起供养燃灯佛。说完，小女孩觉得小沙弥很漂亮，她有点脸红、不好意思地说："我知道你这辈子在修行，我也在修行，可是我希望在你修得正果、成佛之前，可以做你的妻子。"善慧就是后来的悉达多太子（释迦牟尼佛），而这个小女孩即悉达多太子在成佛前人世的妻子。

相同故事不同结局

我在很小的时候就片片段段听到"借花献佛"的故事，可是前几年在台湾中部教书的时候，接触到一个很久不见的朋友，才有了改写故事的念头。

我和这个朋友是在很偶然的机会下认识，当我还住在台北的时候，他曾经来帮我修过电器。认识我的人都知道，我是一个"电器白痴"，一碰到电器问题，或是家里停电就会完全不知所措。

当时我家里突然停电，向朋友求救，朋友说："哦，我刚好有个朋友住在你家附近，他是学电机的，他会帮你忙。"不久后，就有个人骑着摩托车来，按了门铃，是一个在读五专的小伙子，他检查后发现是保险丝断了。这好像是一个很小的问题，不应该麻烦人家，可是说真的，我也不知道保险丝要怎么换，更不知道要怎么打开那些东西。他看我不知所措的样子，就笑出来了，他说，这是最小最小的电器故障。然后三两下就把保险丝换好，电灯亮了。

这时候他看到我桌上正在抄写的佛经，他说："有时候我也很想看，但就是不太容易懂。"

就是这样一个小小的机缘，我和这个年轻人认识，但后来就没有联络。一直到我去中部教书时，接到他的电话，问我有没有空，能否有机会来拜访我。

我其实已经有点记不得他了，但还是邀请他到宿舍来。他变得有点瘦，应该是受了一些苦吧，因为不熟，我很难去联想他发生了什么事，只感觉这个人改变得很大很大。

他很安静不太讲话，只是翻一翻我桌上的佛经，说他现在吃素、也常读佛经。聊了一会儿，他突然问我知不知道"借花献佛"的故事。

我大概讲了一下这个故事，包括故事的结尾，就是燃灯佛终于进城了，大家都很想亲近他，很多瘸子、瞎子也试图要挤到前面去接近燃灯佛，想借此减轻身体上的苦难。善慧挤在人群中，远远看到燃灯佛华贵的仪容，赤足走进城。城门口有一个污秽泥泞的坑洞，燃灯佛没有看到，一脚就要踩上去。善慧觉得燃灯佛的身份不应该踩在这么脏污的东西上，立刻全身扑上去，用头发垫在燃灯佛的脚下。

佛经里，将这个画面描述得很美：善慧五体投地趴在地上，以头发铺地，五朵莲花飞起，落在燃灯佛头上，两朵在他的肩膀上，成为一个供养的符号。

故事说完，年轻人发了一会儿呆，说："你有没有想过其实燃灯佛不是这样进城的？"

他告诉我，燃灯佛一直用四肢在燃灯，身体应该是残缺的，可能是一个没有手脚的肉球，在泥泞中扭动身躯，所有等待的民众都不知道他就是燃灯佛，甚至故意推挤他。善慧看到他要掉进泥坑，就扑地用头发让这颗肉球滚过；那时候的善慧已经忘掉燃灯佛，忘掉供养的莲花，只是看到一个受苦的身体。

我很震惊，一个只有几面之缘的青年，在当兵时刻，不知道发生什么事，有了这样的疑问，特地前来把他的想法告诉我。当时我就决定，把我所了解的，和他所叙述的，合成一个完整的故事，写成了《新传说》中的《借花献佛》。

不是苍凉，却是苍老

一个年轻人一定是因为什么事情，才会让他想去亲近一些比较内省的经典，也一定是发生了什么事，让他有了新的燃灯佛的形象。我很好奇，却没有开口问他，因为我知道人性最底层的部分，不是好奇可以抵达；我也相信，当他坐在我的面前，对我说出燃灯佛的结尾时，他已经理清了很多心里的困苦。

我们的社会是个很好奇的社会，因为年轻，却把好奇发展成八卦杂志的窥探。我想，好奇的极致应该是包容和悲悯，应该是出于关心，我们所好奇的不是他人为何事哀伤，而是他的哀伤，以及他要如何度过哀伤。重要的不是知道已发生的事件，而是人的心灵状态。

如果这个年轻人再出现，我很想帮他画一幅画。从他第一次到我家修保险丝，到后来找我谈佛经故事，他的改变很大很大，我一直记忆着那张脸，我想记忆着。不管是把他写成《借花献佛》的故事，或者为他画一张像，我相信对世间许多人而言，都会是很大的安慰和鼓励，至于那个让他哀伤的事件则已经脱离了，不重要了。

我写《新传说》，同时也是在聆听很多人的心事；一个古老的故事在很多人的心里变成新的心事，重新演变，因为这位朋友的提醒，使我后来坐火车、公车时，看到残缺的身体，总会觉得他就是燃灯佛，也觉得自己应该有善慧的心情，去担待这些残缺。

《新传说》新增的四篇都比较接近这种感觉，和十年前的《传说》很不一样。十年前，我比较眷恋美，像《庄子与蝴蝶》《有关纳西斯和Echo》都比较是个人的美的眷恋。新的四篇则是另一个层次，包括写到嵇康在监狱里面以铁栏杆弹奏《广陵散》，大概是中年的心情了吧，不是苍凉，却是苍老了。

传说，对我而言，是永远不会说完的故事，在个人生命的不同阶段，会有不同的领悟；在不同的人身上，也会发生不同的意义、不同的结果。所以二十年前的《传说》、十年前的《新传说》、现在的《新编传说》，新旧杂陈，也让我看到自己与许多人心事的转变。

开悟之前的迷障

我常常觉得神话是一种原型，可以不断地赋予新的形式、新的诠释。直到现在走在街头上，不管是重庆南路、西门町，还是可以看见传说仍然在发生，我生活周遭的朋友们，也都活在神话和传说当中——即使是一个简单的故事，如"借花献佛"，都可以找到许多人的原型；有人是善慧，有人是小女孩，有人是燃灯佛，有人是那位我没有描写到的国王。

国王其实也是一个有趣的角色，他那么爱功德，所以搜刮了城里所有的莲花。我不忍心去批判他，只觉得在生命里每个人都用不同的方法在修行。也许他用的方法很容易被嘲笑，大家会说他是贪婪的、自私的，可是，这不也说明了一个包括我自己在内，大家都可能有的共同缺点吗？

贪婪，我也有啊，我可能不贪名不贪利吗？对美的东西，我又特别贪。对美的贪当然也是贪，也是一种贪念，自己不太容易发现就是了。

书出版之后，我才发现对这个角色的忽略，好像潜意识里就排斥他，不想写他。我想，如果有一天再改写《借花献佛》，这个国王会变成一个重要的描述对象，我对他没有那么不喜欢了，觉得他的贪不过是在开悟之前不同的迷障罢了。

过去我写传说，会有一个主角，但后来觉得，传说不是属于主角，每一个角色都是不能分割的"同体"，是牵连不断的因缘纠缠。每一个人物在故事里扮演的角色，都有某种开示的意义。善慧可能开示了我的某些部分，国王可能开示了我的某些部分，小女孩也开示了我的某些部分。

我认识一位替我减轻脊椎病痛的推拿师父，他得了一种很严重的病，失去视觉，在"看得见"到"看不见"的转换过程里，他非常非常痛苦。我想体会他的感觉，所以我尝试闭上眼睛，很久很久，去感受失去视觉的惊慌。

惊慌过后，在我开始承认了"看不见"的事实时，我的另一只眼睛张开了，可能在耳朵的听觉里张开，可能在鼻子的嗅觉里张开，可能是在指尖的触觉里张开了。这个经验使我知道没有真正的盲人，很多东西反而是在眼睛看不见的时候才能"看见"，就好像在每一个神话传说里流转的心灵经验。

承载着人们的心事

当我重读十年前所写的传说，和十年后新增的四篇故事时，我发现个人对美的执着，在《新传说》里放开来了，所写出来的"苦"也不一样。

譬如在《有关纳西斯和 Echo》这则十年前所写的传说中，Echo 的苦是自闭的苦，她在爱情里受了伤，退缩到山洞里。我形容她皮肤上的苔藓从腋窝长到鼻翼，甚至是嘴角，是一个非常形象化的忧郁。我想，自己当时应该也有这样的想法，在不快乐的时候会想要退到一个没有阳光的角落，让自己发霉，我称它是一种"自闭式的忧郁"。

可是后来写到《借花献佛》时，"苦"却换了一种形式；燃灯佛的身体变成一颗肉球，在阳光下滚动，也不怕滚过泥泞。从没有阳光的角落到有阳光的路，仿佛是一种痊愈的过程，我感觉自己在改变。

我相信那位修电器的朋友也看见我的改变，佛经里的传说在我和他身上互相交错，重新创造。我还记得那一个下午，我们坐在学校宿舍的榻榻米上，阳光斜射进来，窗外开了一些桃花，桌上放着几本佛经和手写的东西；我们盘坐着，他听我说完故事，说出自己的诠释。那个对话的形式与空间，是好几世才能找到的一个奇特的机缘吧。

愈来愈觉得，创作不是一个人在写，身旁的每一个人都在跟我一起写新传说。我甚至幻想有一天，不需要文字书写，用一种口语的连接方法，你讲一段，我讲一段，共同创造一个故事。

这就是神话的开始，如一艘船承载许多人的心事，从上游到下游随波逐流而去。

自我凝视的纳西斯

在《新传说》中，我许多的学生最喜欢的一篇文章就是《有关纳西斯和 Echo》。尤其我描写纳西斯的身体变成水仙的根茎，手指变成白色须根，在水中吸收水分，轻盈的小水泡在身体流转，头发变成水仙的叶瓣，他们觉得这个描述过程美极了。

我却觉得哀伤。

弗洛伊德从纳西斯的故事中分析出所谓的"自恋情结"，又叫作"水仙花情结"，我相信这是每个人都有的情结，每个人绝对都有非常非常眷爱自己的部分。一个人若说他讨厌自己、憎恨自己，他的出发点恐怕都是来自对自己的眷恋，只是转变成不同形式罢了。

希腊神话的原典很有趣，它在讲述纳西斯的故事时，不是把重点放在纳西斯的长相（后来很多改写的书籍都会强调他非常俊美漂亮）。他只是一个老是在水里看自己的男孩，或者说，他只是一个在水中看自己的"人"——我们甚至可以把性别拿掉。

如果用这样的方式来看，一个喜欢在镜子里凝视自己的人，在倒影中看自己的人，一个喜欢思考自己的人，都可能有"纳西斯情结"。在神话原型里，纳西斯代表的就是对自己的着迷。

我相信每个人在这世界第一个爱上的人都是自己。我们在成长过程中遇到的爱情，其实都是在找一个内在的、不被了解的自己。我们有时候会觉得找错了，有时候又好像找对了，那是因为我们对自己并不是那么清楚；有时候你觉得了解自己，有时候你又不懂。

以我自己来说，到现在为止，读了很多书，有一定年纪，经历过许多事，也有相当的成熟度了，对自己仍是处于一知半解的状况。

最近有一个朋友对我说，他发现我内在有一个很不安的东西，我说："会吗？"我最常听到别人说我很明亮，说我很阳光，我自己也觉得在朋友中是开朗的个性。可是当这个朋友说，他读了我的东西，发现在华美的背后总有一个很不安全的东西，好像这个华美随时会消失，我开始凝视自己。

我回想起大约在十岁以前，的确有很多梦境是一直在逃，一直在躲；不知道为什么而逃，躲的对象也一直没有看清楚，躲的地方可能是一个很深的水井，可能是一个很深的柜子，我一直往里钻。

我的本质里的确是有一块强烈的不安全感，我会亲近宗教，也许有一部分原因就是宗教常常在提醒我们所有华美背后的废墟形式，也就是成、住、坏、空，和我的不安全本质互相感应。

朋友的话让我变成对水中自我凝视的纳西斯，我想，每个人都有一潭非常清澈的水，等待你去凝视自己，与自己对话，那是人的第一个情结。

面对巨大的孤独感

这种凝视无疑是孤独的，纳西斯孤独，Echo 也孤独；但两个人的孤独有很大的不同；Echo 可能爱人，她爱纳西斯，她的孤独是不被了解的哀伤，但纳西斯不可能爱人，他只是沉迷于水中的自己，活在自己的世界里，最巨大也最纯粹的孤独。

我觉得纳西斯的神话愈来愈迷人，尤其是在都市里，在现代高科技的文明里，每一个人都很像纳西斯。这一代人的纳西斯情结又比上一代严重很多，因为他们成长过程里的自我，是不容易被干扰的，所以他们都非常喜欢凝视镜子里的自己，都喜欢在网络上去寻找自己。

当然，他们也特别孤独。

前几天有个双鱼座的男孩打电话给我，说他心情不好，因为他"好几个"女朋友"刚好"那天晚上都找不到。我觉得这句话很有趣。当时我想的是，他好怕寂寞喔，他平常有好几个女朋友，这个没空就找另一个，可是当她们都不在时，他就无法自处了。

电话中，我跟他说了《红楼梦》的故事，说"弱水三千只取一瓢饮"，这种"只找一个人，她不在，我就谁也不找"的思念和执着，可能才是"不寂寞"的开始。如果甲不在就找乙，乙不在就找丙，到最后必然是寂寞的，因为他不是在找对象，他只是在面对自己巨大的孤独感。

很多人在谈"性无能"，可是我发现"爱无能"也许更严重。现代人不太能够爱，也怕去爱，这是一个更大的荒凉吧。

"爱"在饱满的状况里，"性"不可能是无能的。这句话里面当然有我自己很特别的对"性"的解读，我不认为人的性器官只是狭隘的生殖器，我觉得全身都是性器官，我可以在抚摸一个人的头发时，感觉到性的饱满，因为我的出发点是爱，爱饱满才会性饱满。如果性简化成只有器官的刺激、亢奋，那么这个人势必是寂寞的，再多的药物都无法治疗。

从这个角度去想，我觉得纳西斯势必要变成一株草，他的世界就那么小，他的意义只有在水边的凝视，他是"爱无能"。

躲进自己的封闭世界

纳西斯只能在水边凝视自己，和 Echo 永远变成山洞里的回声，其实没有多大的差别。但 Echo 至少爱过，她会受伤，她会痛；纳西斯没有伤，没有痛，他的冰清玉洁是因为一切事情都没有开始过。

我发现，少年情怀都会喜欢纳西斯，不太甘心自己是 Echo，这里面当然隐喻了自己生命中的某些状态；他们甚至不敢承认自己有 Echo 的部分，因为觉得丢脸、不好意思。

可是，对我而言，这是两种无法比较的生命形式。

如果我从另一个角度来写Echo，我会觉得，其实她在潜意识里面，并不要纳西斯爱她。

爱情很奇怪，你有一部分希望对方爱你，可是另一部分又很希望不被爱，那种躲在自己孤独里的哀伤，可能成为另一种形态的"享受"——我用这两个字可能很多人不能接受，我的确发现，自己和朋友在失掉爱情时的心情感受，不见得比恋爱差，那里面有很奇怪的思念、牵挂、眷恋、纠缠。

失去和得到是两种可以互换的东西；当爱人远离的时候，我在很远的地方思念他，写信给他，是一种"失"，也是一种"得"。反而两个人在一起时，会觉得幻灭，可能会吵架、会冲突，"得"里面又有一种"失"。

Echo就是如此，她的状态好像是为了一种自闭中的完美，独自在山洞里反复品尝和咀嚼自己的哀伤，她不想再走出来了。而她不走出来，反而加深了那个世界的人对她的迷恋。

马尔克斯小说《百年孤独》中，有个女孩始终坐在角落，没有任何原因，当大家在聊天时，她一个人面对墙角吃泥土。那个符号很强烈！你不能说那不是一种满足，但那是一般人无法了解的满足。

我们的文化从二十世纪六十年代以降，在流行的女性文学和连续剧中，这种接近自伤性、自闭性的爱的形式，是非常多的。似乎从琼瑶所写的《窗外》这部小说开始，就是这种基调，女性在没有受伤前就假设自己受伤了，躲进自己的封闭世界，品味爱情的美丽。

我的女学生中也有很多这种例子，我当然会鼓励她们，要走出来，天涯何处无芳草。可是，我发现她们"耽溺"哀伤——我用"耽溺"这两个字，好像很不敬，但这种状态未尝不是一种美学，甚至也有一种自我完成的高贵，我很难去解释，我认为那就是一种 Echo 情结。

《红楼梦》里的黛玉也有这种耽溺哀伤的 Echo 情结，你会发现宝玉对她的爱比大观园里其他女子都多得多。可是对她而言，那并不重要，她就是一直要还眼泪，她一直让自己退缩到一个毁灭性的悲剧里，焚稿断痴情，这种状态只有从神话原型里才能得到解释。

我想，神话原型不能从世俗来解释，不是好或不好，而是在讲一种状态，这种状态在每个人身上都有可能存在，只是强度不同；每个人身上都有纳西斯的部分，也有 Echo 的部分，当然也可能有莎乐美的部分——莎乐美在神话原型里代表着另一种形式的毁灭。

读懂了自己的内在

我相信，弗洛伊德用神话原型来解释"情结"，有他的道理。"情结"是一种解不开的结，我们一生在面对这个结时，都试图用理性、理智去拆解，可是事实上，情结的结愈解愈紧。弗洛伊德之所以了不起，是他发现心理学与神话有这么近似的状态，神话原型和心理学的情结，同样难解。所以弗洛伊德本身并不关心治疗，他在乎的是分析过程；治疗是把结解开，可是他隐约觉得这个结是解不开的，我相信他自己也有一个结，他因为这个结而知道其实情结是解不开的东西。

莎乐美的神话最能说明这种无解的状态。

十九世纪末王尔德等文学家、艺术家都非常热爱阐述莎乐美的故事，因为这时候人们刚刚开始要面对人不可解的宿命性。在此之前，人们用实证主义、启蒙运动去解释人性状态，可是像莎乐美这么一则在《圣经》里也找得到的传说，完全没有道理可循。

神话中，莎乐美是一个美得不得了的女孩子，妈妈是国王的宠妾，而这个国王是个淫欲到极点的人，简直像动物一样整天吃喝玩乐玩女人。他看到莎乐美时吓一跳，仿佛在那一瞬间他的欲望卑微到极点，莎乐美的美不容亵渎；他太容易玩弄一个女人，可是他完全无法掌控莎乐美的美丽。

不知道为什么，这么美丽的莎乐美却一直牵挂着在约旦河替人受洗的施洗约翰。

在宗教传说中，施洗约翰和耶稣一样都是没有经过受孕过程生下的孩子。天使出现告诉玛利亚，她怀了上帝之子，她不相信，天使就叫她去见堂姐安娜，她也怀孕了，堂姐怀的就是施洗约翰。耶稣和施洗约翰来自同一个家族，可是各自长大，没有见过面，他们都是神话里宿命的人物。

有一天，在约翰面前出现了一个美丽的青年，那个人就是耶稣，约翰吓了一大跳。青年说："我是来受洗的。"约翰惊讶地回答：

"在天国里你比我大。"耶稣说:"我的时间还没有到,你先执行你的任务。"这就是一个宿命的对话,接着耶稣脱掉衣服,赤裸地站在约旦河中,约翰双手捧着河水,自他头上淋下去,据说在那一霎,天整个开了,有鸽子飞下来。

这个描述非常奇特,后来很多文学家、画家都为这个场景着迷,可是没有人知道里面有什么宿命,有什么需要解开的情结,只看到两个站在水中的美丽青年。

之后,耶稣走了,他们一生只见过这一次面。

耶稣走后,施洗约翰愈来愈暴躁,他开始咒骂很多人淫欲、贪婪,要修改忏悔罪过,否则不能进天国。当他看到莎乐美时,他咒骂得更凶。他被莎乐美的美震动了,那种美是他修行过程中最大的敌人,所以他对她做出最严厉的咒骂和批判。

莎乐美从来没有爱上任何人,也没有动情过,除了施洗约翰。当她听到约翰的咒骂时,她知道这个修行者是自己永远得不到的人。

这两个人互相吸引,却互相得不到对方,变成一种很激烈的拉扯。

有一天,莎乐美对那个一直想要染指她、经常像只动物般卑微讨好她的国王说:"你不是一直想看我跳舞吗?"国王一听欣喜若狂,莎乐美终于对他有反应了,他说:"好,你只要愿意跳舞,任何你想要的东西,我都可以给你。"

此时，莎乐美跳了一支历史上很有名的死亡之舞。很多音乐家为这支舞写了很美的曲子，大家都在幻想一位十六岁的少女，以完美的身躯跳出的舞到底会有多美，可是没有人真正看见过。

她跳完之后，国王问她要什么，她说："我要施洗约翰的头。"国王听完也脸色发白，他不知道她为什么要这个，但他还是命令人把修行者的头砍了，盛在一个银盘里，献给莎乐美。

莎乐美就静静捧着那颗血流不停的头，亲了施洗约翰的嘴唇。

这个神话之所以变成情结，是因为它完全无解，不知道为什么会发生这样的事，可是当你在读的时候，完全被震撼了。

神话原型最后都没有答案，只有回到故事本身的隐喻，而故事之所以流传，就是我们借由这些隐喻，读懂了自己内在不被看见的部分，残酷也好，欲望也好，得不到的复仇也好，死亡之中的极致激情也好。

有太多人写莎乐美，画莎乐美，我也在《新传说》中，重新做了自己的改写，这一篇也是全书中最没有答案的故事，因为我自己也没有答案。

从神话镜子看到自己

耶稣和约翰的爱、约翰和莎乐美的爱、莎乐美和国王的爱、国王和莎乐美妈妈之间的关系，都是纠缠不清的。我在写的时候，觉得约翰和耶稣见面的那一幕非常重要，因为我无法忘记在美术馆里看到的那些画，那一次的见面很惊人，连天都开了。而莎乐美最后和约翰人头的吻，好像变成一种印记，一种见证，那是一个混合了华丽、美、残酷、死亡、罪恶的画面，这些元素平常都是分开的，可是在这一刻全混合了。

十九世纪末的文人会那么喜欢这则故事，我想与欧洲当时颓废派在检讨美与罪恶有关，美与罪恶也可以说是情与欲的关系，就是在情极深时，欲望同时也最高涨。我相信这三个人之间有极纯粹的情，可是他们都分裂了，所以故事有最惊人的发展。

这个故事还会流传下去，因为它愈来愈有现代感。我看过二十世纪八九十年代的一部电影《酒店》，讲两个男孩和一个女孩的故事，几乎就是约翰、耶稣和莎乐美的原型重现，看到最后你还是不知道他们各自爱着谁。

我相信我的学生中，也有莎乐美的原型。我常常听学生说，他不知道和某人是友谊还是爱情，我就会回答他，其实本来就不那么清楚。

过去的人会说不上床的就是友谊，上床的就是爱情；或者同性之间是友谊，异性之间是爱情，可是这种简单的划分，在莎乐美的传说中不成立，到现代也已经不适用。今天我跟年轻学生在一起，根本没有办法判断谁跟谁是恋人，谁跟谁是朋友，非常复杂，他们自己也常搞不清楚；往往就在暧昧之间，产生另一种情欲的纠缠。

至于情欲纠缠可解、不可解，从理智上来说是不可解，愈解愈紧，但是从人性最内在的情感本质来说，我觉得是可解的。我的意思是说，哲学解不开神话，但文学可以，因为文学就是尊重故事原型。当弗洛伊德把神话故事分析一次，你就觉得结解开了。

　　其实解开情结的关键不是答案，而是听故事的过程，当你从神话这面镜子的反射中看到自己的原型，你就能读懂自己，对宿命也比较不容易慌张了。

　　《新编传说》或许还有与众人对话的空间。

图书在版编目（CIP）数据

传说 / 蒋勋著. -- 南京：江苏凤凰文艺出版社，
2021.5
ISBN 978-7-5594-4691-6

Ⅰ.①传… Ⅱ.①蒋… Ⅲ.①神话－作品集－中国－
当代 Ⅳ.①I277.5

中国版本图书馆CIP数据核字(2020)第048896号

本著作物经北京时代墨客文化传媒有限公司代理，由联合文学出版社股
份有限公司独家授权，在中国大陆发行中文简体字版本。
本著作物音讯内容经蒋勋老师和趋势教育基金会授权使用。

传说

蒋　勋　著

责任编辑　李龙姣
策划编辑　刘　平
封面插图　杨　权
装帧设计　安克晨　胡靳一
出版发行　江苏凤凰文艺出版社
　　　　　南京市中央路 165 号，邮编：210009
网　　址　http://www.jswenyi.com
印　　刷　北京盛通印刷股份有限公司
开　　本　880 毫米 ×1230 毫米　1/32
印　　张　8.5
字　　数　150 千字
版　　次　2021 年 5 月第 1 版
印　　次　2021 年 5 月第 2 次印刷
书　　号　ISBN 978-7-5594-4691-6
定　　价　68.00 元

江苏凤凰文艺版图书凡印刷、装订错误，可向出版社调换，联系电话025-83280257